5.95
────
4BS

X-1

D1347704

Les Rescapés

DU MÊME AUTEUR

Histoires de déserteurs:
I.   *L'Épouvantail*. Roman. Éditions du Jour. 1974.
     2e édition, 1974.
II. *L'Épidémie*. Roman. Éditions du Jour. 1975.
III. *Les Rescapés*. Roman. Quinze. 1976.

Le froid se meurt. Poèmes. Atys. 1961. Épuisé.
Holocauste à deux voix. Poèmes. Atys. 1962.
     Épuisé.
Le Cabochon. Roman. Parti pris. 1964. 2e édition,
     1967. 3e édition, 1970. 4e édition, 1975.
La Chair de poule. Nouvelles. Parti pris. 1965. 2^e
     édition, 1973.
Félix-Antoine Savard. Essai. Écrivains canadiens
     d'aujourd'hui. Fides. 1968. 2e édition, 1970.
Le Vent du diable. Roman. Éditions du Jour. 1968.
     2e édition, 1974.
Poèmes pour durer (1960-1969). Éditions du Songe.
     1969. Épuisé.
Le Désir, suivi de *le Perdant*. Pièces radiophoni-
     ques. Répertoire québécois. Leméac. 1973.
Une soirée en octobre. Pièce en trois actes.
     Théâtre/Leméac. 1975.

André Major
Les Rescapés
Roman

Les Éditions QUINZE
3465, Côte-des-Neiges, Montréal

Distributeur exclusif pour le Canada :
Les Messageries Internationales du livre Inc.
4550, rue Hochelaga, Montréal H1V 1C6

Distributeur exclusif pour l'Europe :
Librairie Hachette
79, boul. Saint-Germain, Paris VIe (France)

Photo de la couverture : Kèro
Conception graphique : Tibo

ISBN-0-88565-011-5

Dépôt légal : 2e trimestre 1976
            Bibliothèque nationale du Québec

Tous droits de reproduction, d'adaptation
ou de traduction réservés

© Ottawa 1976 – Les Écrivains coopérative d'édition.

C'est si grand que les pauvres petits hommes n'ont pas la force de trouver leur chemin...

Tchekhov (lettre du 5 février 1888 à D.V. Grigorovitch)

PREMIÈRE PARTIE

1

I<small>L</small> ÉTAIT LÀ, dans la pâleur de ce matin hésitant, appuyé contre le tronc d'un énorme tremble, une main farfouillant dans la vareuse de laine trop grande pour lui mais qu'il portait sans relâche depuis la nuit où il s'était évadé de la prison des Plaines, n'arrivant pas à trouver la boîte d'allumettes et mâchouillant distraitement la cigarette qu'il avait roulée dix ou quinze minutes plus tôt, juste avant d'apercevoir le dos rond, le chapeau tyrolien de l'homme assis dans la neige, aussi immobile que s'il avait appartenu au paysage encore pétrifié de l'hiver finissant. Les jambes écartées, souriant du coin des lèvres, Momo l'appela brusquement: «Inspecteur!» Il entendit sa propre voix, rien de plus. Il fit deux pas en direction de la forme prostrée, étrangement familière et inquiétante tout à coup, et puis il s'arrêta: «J'vous ai eu, inspecteur.» Il allait s'avancer encore quand il se rendit compte, le souffle coupé, que la chaîne rouillée du piège à ours était tendue entre le tronc du frêne et la jambe raide vers laquelle le visage semblait se pencher indéfiniment. L'écorce était entaillée à trois pieds du sol pour lui permettre de repérer le piège qu'il avait tendu là depuis qu'il s'était réfugié dans l'abri de pierres plates où avait vécu Façataba, non loin des bâtiments délabrés des

Bautront vivant à Montréal après avoir farouchement préservé leur solitude un siècle durant, sur ce
flanc de montagne maintenant désert, sauf en été où,
tout autour du lac des pins, ça bourdonnait d'acti-
vité. Il poussa un cri, puis se mit à dévaler le sentier, le fusil lui heurtant le dos, poussé par une panique si grande qu'il se dirigeait vers le village où rien
de bon ne pouvait l'attendre, sauf la tendresse de
Marie-Rose, son bon sens et la chaleur de ses bras
autour de son cou. Le sentier contournait la longue
pointe du lac autour duquel, claquemurés dans leur
coquille de neige durcie, les chalets lui rappelèrent
les dangers qu'il courait en se découvrant de la
sorte. Il s'arrêta sur le pont défoncé sous lequel
le ruisseau faisait un sourd bruit de gorge quand il
entendit le hennissement du cheval surgissant
d'entre les énormes pins qui avaient miraculeuse-
ment survécu à la rage des tronçonneuses. Il n'eut
même pas le temps de remarquer le chapeau blanc ni
de penser à Phil, encore moins de s'emparer du fusil
qu'il portait en bandoulière ; il fonça droit devant lui
avec une telle impétuosité que le cavalier demeura
figé sur sa selle, le fusil braqué mais silencieux
comme un symbole. Momo lui attrapa le bras — durant un court instant ils surent que la même peur les
associait, les rapprochait davantage que leur haine
ou leur amour pour Marie-Rose —, et il tira de toutes ses forces, faisant basculer Phil qui s'écrasa
lourdement dans la neige sans un cri, sans même re-
lâcher son fusil. Momo enfourcha aussitôt la bête
dont il avait saisi la bride à bout de bras et il ne daigna même pas se retourner quand la détonation
éclata et que Phil se mit à crier : « Maudit chien sale
de sauvage ! » Il s'accrochait à la bride comme pour

se maîtriser lui-même, mais le cheval se cabrait, et il lui donna champ libre, quoique peu sûr de lui, les cuisses raidies contre les arçons. Des hauteurs où il se trouvait il voyait le clocher, les toits du village, se souvenant de ce jour où Calixa avait ramené leur père gelé, et se disant que la mort de l'inspecteur Therrien le forçait à fuir encore plus loin de Marie-Rose, alors même qu'il chevauchait vers elle, pris entre deux feux, mais incapable de demeurer immobile, d'attendre ou simplement de se demander s'il faisait bien de se rendre jusqu'à la route du rang. Il se sentit plus calme dans l'air humide du matin lorsqu'il abandonna son corps au rythme de la monture. D'abord rétive, elle finit par prendre l'étroit sentier glacé de l'érablière. Après avoir mis pied à terre, il noua la bride à un montant de la galerie. «Qu'est-ce qui se passe?» demandait Marie-Rose dans l'embrasure de la porte. «L'inspecteur», dit-il en soupirant. «Quoi, l'inspecteur?

— Je l'ai trouvé mort. Pis Phil était dans les parages.»

Elle avait reculé: «Entre vite!» Et lui, reniflant, un peu honteux: «Pris dans mon piège. — T'es sûr qu'y est mort? — Gelé raide. — Écoute, Momo, tu peux pas rester chez nous une minute de plus, surtout si Phil est pas loin.» Il se laissa choir sur la chaise qu'il avait tirée: «Comme c'est là, Phil est à pied. J'dois avoir un bon mille d'avance sur lui. On peut parler un peu. — Qu'est-ce qu'on va faire?» répétait Marie-Rose, le teint blême sous les mèches de cheveux qu'elle avait réussi à noircir davantage. D'un éclair du bras il la ramena contre lui en se levant, mais elle lui glissa comme du sable entre les doigts, criant presque: «T'avise pas de me toucher!» Elle ne riait pas, et il le savait, tout comme il aurait dû savoir que s'il ne prenait pas le parti de laisser tomber, ça risquait de tourner mal. «T'as pas toujours dit ça, pourtant», dit-il sans oser s'approcher d'elle. Comme si elle avait attendu cette occasion depuis un bon bout de temps, elle ouvrit sa robe de chambre en disant: «Regarde mon ventre, innocent!» Il voyait tout — les seins hauts dont les mamelons se réduisaient à de fines tétines brur ~s, le ventre gonflé et les hanches empâtées —, sans comprendre où elle voulait en venir. «Tu voix donc pas c'qui m'arrive par ta faute!» Et lui, revenu de sa surprise: «T'es sûre que c'est ça? — Ça se voit pas assez, tu penses? Tu savais pourtant que c'était dangereux.» Il restait là à fixer ce ventre dont il n'avait pas senti la chaleur depuis près d'un mois et qui, à peine gonflé, lui devenait étranger, sinon hostile et totalement inaccessible maintenant. «Tout l'monde me dévisage au village. Même pa s'en est aperçu. Faut que j'endure les farces plates, les questions... Et toi, t'arrives avec ton histoire de fou!» Il avait baissé les yeux, se demandant: qu'est-ce que tu peux faire? tandis qu'elle lui secouait le bras: «Fais un homme de toi, Momo. Dis quèque chose!» Mais tout ce qu'il trouvait à répéter, c'était la même déclaration inutile: «J'voulais pas faire ça, j'te jure... — Fallait t'y prendre autrement, sans-dessein! — Comment ça, autrement? — Laisse faire, c'est trop tard.» Et puis, tout à coup, comme inspiré: «Vu que c'est d'ma faute, tout ça, pis que j'peux pas me passer de toi longtemps, on serait mieux de partir ensemble, qu'est-ce qu'on a à perdre? — T'oublies juste un détail, Momo.» Mais sa voix s'était radoucie. Elle lui tournait le dos. Il dit très vite, comme s'il avait prévu même cela, ce détail: «On peut l'emmener si tu veux. Un de plus, un de moins...» Elle lui faisait face maintenant, presque radieuse: «Pas question. Pa est trop malade. J'peux bien te l'dire à c't'heure: pa est rendu à l'hospice. J'pouvais plus le garder. I'voulait faire flamber la cabane. Une chance que j'étais là quand ça l'a pris. — T'aurais dû me l'dire. — Si tu m'avais dit que tu voulait rien savoir de lui, ç'aurait été fini, on se serait jamais revu. C'est ça —elle montrait son ventre— qui l'a rendu fou.» Il se taisait de peur de trahir l'immense soulagement qu'il ressentait depuis qu'il savait la maison délivrée du fantôme muet aux yeux perçants et perpétuellement en train de bercer le souvenir de sa femme devenue folle dix ou quinze ans plus tôt. «Bon, faut se grouiller. Aide-moi à ramasser mes affaires», dit-elle. «J'sais pas où on va aller. On peut pas remonter, tu comprends? — On ira ailleurs. Mais ça presse.» Moins de dix minutes après, ses bottes blanches aux pieds, le col de son manteau de cuir relevé, elle attendait qu'il achève de ficeler l'énorme balluchon dont il finit par se charger, un peu voûté, son fusil à la main. «J'sais toujours pas où on s'en va», dit-il au moment où elle lui ouvrit la porte sans même jeter un regard derrière elle, dans cette vaste demeure de rondins qui lui avait tenu lieu de foyer et dont, moins de vingt-quatre heures plus tard, elle risquait de se souvenir avec nostalgie.

2

IL FALLAIT vraiment un événement exceptionnel pour que l'*Hôtel du nord* fût aussi animé. Même Phil, grand buveur de lait, commençait à se prendre pour un homme, la bouche molle, le regard fixant invariablement une source d'étonnement et de perplexité qui le frappait de mutisme, lui qui d'habitude ne tarissait pas sur Momo Boulanger. Ce fut finalement l'air excédé de Fred, le successeur de l'inspecteur Therrien, qui le convainquit de vider son sac. Mais personne ne semblait disposé à croire ça sans preuves, et Jérôme dut lui faire avaler quelques gin-tonic avant de lui soutirer quelques détails de nature à donner une certaine vraisemblance à son récit: «Le maudit chien sale m'a pris par surprise, par en arrière. J'ai même pas eu le temps d'le voir. J'veux dire que j'l'ai vu juste assez pour dire que j'l'ai vu. Pis, quand j'me suis réveillé, mon cheval était parti. C'est là que j'ai aperçu l'inspecteur, la jambe pognée dans un piège.» Alors Fred revint à la charge: «Qu'est-ce que tu faisais là de si bonne heure? — J'suivais les traces de l'inspecteur. — Pourquoi? — Pasque. — Parce que quoi? — Pasque. — T'aurais intérêt à répondre. T'en as déjà trop dit pour t'arrêter en cours de route. — Bin, j'savais que j'finirais par déterrer Momo, l'enfant d'chienne!» Fred soupira, mal à l'aise au cœur de ce cercle de regards attentifs et ricaneurs se baissant sournoisement quand le sien les croisait. «Y a des choses qui clochent dans ton histoire. T'as rien vu avant d'être assommé. C'est après que t'as découvert l'inspecteur si j'ai bien compris?» Phil se contentait de dodeliner de la tête, les yeux toujours braqués sur l'apparition de Therrien. «Ça c'est fort!» éclata Fred en donnant du poing contre la table ronde devant laquelle Phil semblait assis pour l'éternité. Et il sortit sans saluer personne, la démarche un peu raide, les dents serrées. Mais il n'était pas aussitôt sorti que l'agent qui l'accompagnait revenait en criant: «Le nommé Phil, si vous plaît.» Il y eut un remue-ménage de voix et de chaises déplacées, puis Jérôme poussa un cri: «Grouille, Phil! Tu fais niaiser la police.» Phil sortit, escorté par deux buveurs pas trop solides sur leurs jambes. «Tu r'viendras nous conter ça», lui cria Phonse du fond de la salle. Il était sept heures au moment où l'agent lui prenait le bras pour l'aider à descendre l'escalier. Le village n'avait appris la nouvelle que depuis deux heures parce que, selon Phil, il était tellement furieux de se réveiller face à un cadavre qu'il avait couru les bois à la recherche de Momo, mais en pure perte, les traces du cheval se perdant sur la route asphaltée, après quoi il s'était rendu chez Marie-Rose — cela dit à contrecœur, un peu rapidement comme quand il avouait, dans l'intimité du confessionnal, s'être amusé avec lui-même quatre fois au moins depuis sa dernière confession. «Qu'est-ce que t'as découvert, rendu là?» lui demandait-on. Mais il hochait la tête, l'air de ne plus très bien savoir ce qui lui était arrivé. Pouvait-il leur avouer, alors même qu'il n'arrivait pas à l'admettre en son for intérieur, qu'il avait ouvert chaque tiroir de chaque commode, suant et tremblant de fièvre, de plus en plus excité à chaque découverte, car non seulement respirait-il l'odeur habituelle, l'odeur publique de Marie-Rose, mais encore pouvait-il jouir enfin de quelque chose d'intime — ce parfum ténu et tenace de la robe de nuit qu'elle n'avait pas emportée, sans doute parce qu'elle était si usée qu'on voyait à travers —, vautré dans le lit sans draps avec ces vivants souvenirs d'elle, ces objets de culte imprégnés de sa chair au point d'avoir la puissance de sa chair elle-même, vieilles savates qu'il humait avec autant de plaisir que si elles avaient été de tendres pieds tièdes et charnus ? Non, ça ne se racontait pas, le sperme maculant la robe de nuit sur laquelle il s'était étendu, le nez enfoui dans le slip troué, une main pressant le soutien-gorge que remplissaient de légers coussinets, les sanglots et puis le sommeil. C'était le froid qui l'avait réveillé tard dans l'après-midi, juste avant la brusque noirceur de cet hiver qui n'en finissait pas, à un moment où d'habitude les champs étaient inondés par les centaines de rigoles dévalant les montagnes en chaleur. Il y avait des heures que le poêle s'était refroidi. Phil fit un paquet de tout ce que Marie-Rose avait dédaigné et il passa par le magasin demeuré fermé toute cette journée-là avant de se rendre à l'hôtel essayer de raconter ce qu'il avait vu à cette bande d'ivrognes tout juste bons à lui rire en pleine face, pensait-il dans l'auto qui se faisait un chemin dans l'épaisse noirceur des bois. «On est rendu, la route s'arrête là. Après ça, faut marcher», dit-il. Fred alluma une lampe à longue portée derrière laquelle ils se rendirent tous les trois jusqu'à l'endroit où Phil prétendait être revenu à lui pour faire face au cadavre de Therrien. Le large jet de lumière coulait tout autour sans rien déceler que les troncs des arbres. « J'vous jure que c'est là. Y avait une chaîne attachée là. » Mais tout ce qu'ils virent, ce fut l'entaille blanche dans l'écorce du frêne et des traces de pas si nombreuses qu'ils renoncèrent à les suivre. Phil s'était mis à trembler de la tête aux pieds. « J'vas virer fou si ça continue », dit-il en s'accrochant au bras de Fred aussi bouleversé que lui. « On reviendra demain matin, à la clarté », et ils retournèrent sans un mot se réfugier dans l'auto dont le moteur n'avait pas cessé de tourner, Phil revenant à la charge : « J'suis pourtant pas fou, je l'ai vu de mes yeux vu! — Un mort, ça court pas », répondait Fred. « Maudit enfant d'chienne de Momo! Oser enlever Marie-Rose. — Pas si vite. On va faire une enquête, on est là pour ça. » Ils le déposèrent à l'hôtel avant de monter chez Therrien.

Son retour fut salué par une seule et bruyante exclamation : « Pis, Phil? » Lui, dépité, presque honteux, attendit qu'on lui serve à boire avant de répondre : « L'inspecteur a disparu! » Le mot disparu circula en tous sens, repris avec fureur, clamé avec des rires. Jérôme avait entraîné Phil au bar où Cherry, sa belle-sœur —la femme de son frère cadet—, trônait sur un banc assez haut pour lui permettre d'exhiber, en plus d'une poitrine exubérante, la paire de jambes la plus accueillante du comté, la plus accueillante à la condition d'en faire les frais, car Gène pouvait se vanter de n'avoir cédé sa place qu'à ceux qui en valaient la peine —notables, visiteurs de marque et même certains zélés de l'Escouade de la moralité. Jérôme éclata de rire en surprenant le regard de Phil: «Tu peux la r'garder, mon gars, mais dis-toi une chose, c'est qu'avant que tu y touches, t'as besoin d'avoir du foin dans les poches.» Cherry daigna l'envelopper d'un long regard compatissant: «Laissez-le donc un peu tranquille.» Seulement ça en baissant ses cils noirs sur le verre qu'elle venait de se servir et qu'elle lui offrit, mais c'était la meilleure chose qui lui arrivait depuis longtemps, il ne savait d'ailleurs comment l'en remercier. Il se contenta de lui sourire. «Sans blague, lui demandait Jérôme, t'es sûr que Paul-Émile a disparu? Pourrais-tu jurer que tu l'as vu? — Je l'ai vu à matin, la jambe raide, pognée dans un piège. — Oui, mais Paul-Émile aurait été capable de s'en défaire, de ce piège-là. — I' l'a pas fait. — Veux-tu m'dire pourquoi? — Quelqu'un a pu le tuer avant. — Voyons donc, Phil...» Mais il n'écoutait plus rien, si fatigué qu'il aurait donné le magasin général pour pouvoir dormir, bercé par la houle troublante des seins de madame Cherry. Puis ce fut la panne, du moins le crut-on jusqu'au moment où la voix de Jérôme éclata dans le silence tumultueux de la salle: «Mesdames et messieurs» — en dépit du fait que la seule femme présente fût Cherry —, j'ai le grand plaisir de vous présenter, pour la première fois à Saint-Emmanuel, un spectacle gratuit.» Un rectangle de lumière blanche se balança sur le mur du fond, puis se stabilisa. Et Jérôme: «Ceux qui auraient peur de la vérité toute nue, on les prierait de partir tout de suite parce que le show qui s'en vient, c'est pas pour les enfants d'école.» Des rires nerveux l'encouragèrent à la fermer. «Bon, attention. On va vous envoyer ça», et une série de lettres noires crépitèrent sur l'écran avant de disparaître en se fondant avec une chambre assez quelconque, réduite à l'essentiel —un grand lit et une femme noire de la tête aux pieds qui commença par faire comme si elle était toute seule, retirant ses gants, son chapeau mousquetaire, s'asseyant sur le bord du lit, les jambes croisées, elles aussi gainées d'une soie noire transparente, et qui sembla attendre quelqu'un, dans l'étouffant silence des verres qu'on déposait prudemment et de la salive qu'on ravalait. Mais quand elle se mit à déboutonner sa robe de veuve, un long soupir s'exhala de vingt poitrines gonflées d'émotion, une voix rauque allant même jusqu'à dire: «Vas-y, t'es capable», et comme pour lui donner raison, elle s'étendit, la robe ouverte sur la chair blanche de son ventre, moment qu'attendait l'homme tapi dans l'ombre, hors de l'écran, pour apparaître en robe de chambre, le visage d'une gravité présidentielle; l'image s'embrouilla, s'effaça et revint à l'instant même où l'homme achevait de retirer les bas de soie noire de la femme qui glissait la main entre les pans de la robe de chambre —des toussotements tentaient de masquer la surprise des spectateurs— pour saisir le sexe dressé maintenant au-dessus d'elle. Le silence de souffles coupés fut bientôt suivi d'un rire nerveux quand elle avala la moitié du membre, opération qui fit dire à Labranche: «'tention de pas t'étouffer», risque qu'elle cessa de courir puisque rien n'allait plus, la pellicule ayant éclaté. Devant l'écran déserté, consternation générale. Et Jérôme qui soupirait: «Ça vient de s'éteindre, 'scusez-moi, tout l'monde.» Cherry avait rallumé la chaîne d'ampoules colorées qui encadrait le bar. «Partie remise. Mon film est défectueux», conclut Gène hué par vingt mâles déçus dans les regards desquels luisait une envie de meurtre. Jérôme s'empressa de leur servir à boire en promettant que la prochaine fois ça n'arriverait pas. «J'ai comme l'impression, dit Labranche, que la prochaine fois tu vas nous faire payer pour voir ton maudit film jusqu'à la fin.» Jérôme se contenta d'un rire embarrassé tandis que Labranche insistait d'une voix lente et pâteuse: «Mais p'tête que Cherry pourrait faire quèque chose pour remplacer c'qu'on n'a pas pu voir.» Cherry brandissait déjà une bouteille à bout de bras. «Soyez raisonnables, se plaignait Jérôme, la police est là, j'aurais dû fermer depuis une bonne demi-heure.» Les verres se vidèrent, puis les tables. Mais Phil restait accoudé au comptoir, le regard louchant vers madame Cherry qui se laissait dévorer sans protester, trop occupée à dévisager un Labranche d'autant plus polisson qu'il se remettait mal de la perte de sa Minoune. Jérôme finit par prendre le bras de Phil pour l'aider à sortir. «Combien ça me coûterait, une nuit avec madame Cherry, juste une?» demandait Phil tout bas. Mais les doigts de Jérôme lui serraient le bras: «Arrête de te faire des idées. Madame Cherry c'est pas une femme pour toué.»

3

MÊME TARDIF, le printemps finit par s'égoutter dans les chaudières de fer-blanc, une sève claire qui donna un des meilleurs sirops depuis la guerre, sous un soleil aussi ardent que les nuits étaient froides. À midi, les flaques de glace fondaient et Jérôme passait le plus clair de son temps à se frotter les mains derrière le bar où n'importe qui pouvait prendre un verre ou deux sans débourser un sou. À trois jours des élections, il rayonnait. Gène lui avait apporté une photo prouvant hors de tout doute que le maire Florent Dupré déambulait dans les rues de Montréal au bras de la femme du candidat Jérôme Poirier. «J'en fais imprimer une centaine et ton affaire est dans l'sac», avait-il affirmé, sans lui laisser le temps de protester au nom de son amour-propre. «Écoute, Jérôme, si j'ai pas fait élire dix maires et autant de députés dans ma vie, j'm'appelle pas Eugène Poirier. Laisse-moi faire. Tiens, lis ça», et Jérôme avait pris connaissance des promesses qu'il devait faire aux électeurs de la municipalité, entre autres cette piste qui relierait Saint-Emmanuel aux villages voisins et qui lui amènerait, du vendredi au dimanche, des dizaines de clients. «Avec ça, mon vieux, tu fais plaisir aux jeunes, sans compter que tu fais travailler pas mal de monde parce que nous autres aussi on aura nos moto-neige. — C'est bien beau, tout ça, mais qui va s'en occuper? — J'm'en charge, mon vieux. Occupe-toi de ton hôtel, pis d'la municipalité. Moi, j'me débrouille avec le reste. — Oui, mais tu me fais promettre de pas augmenter les taxes avant trois ans. — Un homme a le droit de changer d'idée à un moment donné.» Jérôme se tut en voyant Cherry descendre l'escalier. C'était l'heure de son lever, entre midi et une heure. Il s'empressa de lui apporter son café: «Écoute, Cherry, j'veux pas avoir l'air d'ambitionner, mais si tu pouvais rester au bar une heure ou deux, j'en profiterais pour aller voir Manchotte, un vieux fou qui m'en veut à mort. J'aimerais ça lui dire un mot ou deux. — Vas-y, mon vieux, dit Gène. On va t'attendre. C'est vrai qu'i' faut que j'aille faire imprimer ça au plus vite...» Sa femme lui darda un regard assez dur à supporter qui le fit hésiter un moment, puis, détournant les yeux, il vida son verre tandis que Jérôme s'éclipsait prudemment.

Dehors, on nageait dans le soleil, et il oublia l'air furibond de Cherry en mesurant les risques qu'il courait en se présentant chez le vieux Manchotte après ce qui était arrivé trois ans plus tôt, toute une histoire parce qu'il avait vendu un terrain face à chez Manchotte — une mauvaise affaire, car l'acheteur, Aurèle Boudrias, petit homme aux oreilles décollées, avait bâti une sorte de snack-bar qui lui avait rapporté juste assez pour effectuer trois versements, après quoi il avait décampé, abandonnant sa femme à Manchotte. Jérôme avait souvent pensé lui rendre visite pour lui vendre ce terrain où il ne restait plus rien maintenant, la bicoque de contre-plaqué ayant flambé peu de temps après la disparition de

Boudrias, en pure perte d'ailleurs puisque la compagnie d'assurances avait refusé de l'indemniser, lui, bien qu'il fût toujours propriétaire du terrain. La femme n'avait rien réclamé, trop contente, pensait-il, d'être débarrassée de son Aurèle. Elle avait toujours son air effarouché d'enfant martyre quand elle lui ouvrit. « J'm'excuse de vous déranger, madame, mais j'aurais besoin de voir vot' mari si c'était pas trop lui demander.» Le *vot' mari* lui semblait d'une grande finesse diplomatique jusqu'au moment où elle lui répondit de sa voix basse, presque inaudible: « J'pense pas qu'i' tienne à vous voir.» Il souleva son chapeau en s'efforçant de conserver son sourire figé. « Ça vaut la peine d'insister, j'vous assure.» Il la vit s'éloigner, puis pousser la porte qui donnait sur la remise où Manchotte gardait sa jument — sa vieille picouille, se dit-il, tenté de rebrousser chemin mais se contraignant à demeurer là, dans la grande pièce plus encombrée que jamais, comme si les occupants de cette maison bâtarde — quatre murs et un toit incliné auxquels, avec les années, s'étaient ajoutés la remise, des appentis et même une chambre formant au milieu du toit une sorte de mirador —, oui, comme si les occupants avaient passé leur temps à collectionner les vestiges plus ou moins utilisables que le village mettait au rebut et que lui, Manchotte, récupérait à la seule fin d'en surcharger les murs: horloges déglinguées suspendues au-dessus de vieux cadres dédorés ou de casseroles percées. « Un vrai bazar», se disait Jérôme qui n'avait pas tout vu, debout au milieu de la pièce, attendant que Manchotte daigne se présenter, lorsqu'il entrevit dans l'embrasure de la porte basse la croupe de la jument en train de mâchonner son picotin, et cela lui rappela le cadeau qu'il avait fait, cet automne-là, à Émérence : la jument et le buggy qu'il avait dû revendre par la suite, souvenir si désagréable qu'il grimaça en s'efforçant de revenir à la seule chose qui devait compter pour le moment, sa victoire sur Florent Dupré. La petite femme apparut, vêtue à la diable comme Manchotte lui-même qui la suivait, son chapeau de feutre rabattu sur le front de sorte qu'on distinguait mal son regard et qu'on pouvait croire qu'il regardait entre ses pieds en vous parlant. Jérôme essayait de ne pas remarquer le crochet vissé dans le moignon qui lui tenait lieu de bras droit depuis toujours, depuis qu'il était arrivé par ici, en tout cas. Personne n'aurait pu dire comment ça lui était arrivé, pas même Ti-Pit qui finissait par inventer ce qu'il ne parvenait pas à apprendre ; il faut dire que le facteur était le seul à le rencontrer plus ou moins régulièrement puisque Manchotte s'obstinait à s'approvisionner ailleurs qu'au village, attelant sa vieille jument à son buggy une fois par semaine, ou une fois par mois, comment savoir, pour se rendre quelque part, à Laurierville ou à New Edinbourg, à dix milles de chez lui dans un cas comme dans l'autre. Il avait sorti d'une poche de son inusable salopette une carotte de tabac dans laquelle il planta les quelques dents brunies qui lui restaient, et Jérôme se demandait comment elle faisait pour coucher avec un vieux crapaud pareil, mais il n'eut pas le temps de chercher la réponse. «Qu'est-ce que t'as à vendre, Jérôme ? — Un terrain», répliqua Jérôme, éberlué. «Un terrain ? Pas ça, en face ?» demandait Manchotte avec un étonnement qui ne présageait rien de bon. «Ça fait longtemps que vous en avez envie, et ça s'adonne que j'ai pas l'intention de le vendre à n'importe qui, pas avant de vous en avoir parlé. — C'est pourtant c'que t'as déjà fait! J'étais prêt à payer son prix pour ce champ-là, mais t'aimais mieux vendre à un pur étranger.» L'ex-madame Boudrias s'était approchée du poêle où, le dos tourné, elle touillait le bouilli en train de mijoter. «Ça arrive à n'importe qui de se tromper», disait Jérôme sur un ton repentant. «Boudrias voulait ouvrir un snack-bar sur le bord d'la route. C'est le seul terrain que j'avais à ce moment-là. J'pouvais pas savoir que ça vous dérangerait. — Tu savais que j'avais l'œil dessus depuis des années!» Jérôme suait, comme chaque fois qu'il devait discuter d'une affaire. «Combien?» demanda Manchotte après avoir craché sa chique dans le crachoir de fer-blanc sous l'évier. «Neuf cents», hasarda Jérôme. «Le double de c'que t'as demandé à Boudrias», et il se tut, l'air de réfléchir, pendant que Jérôme se souvenait de ce matin d'été où, de la fenêtre de sa chambre, il avait vu le vieux déambuler furieusement devant l'hôtel en maculant les marches de l'escalier de son infect jus de tabac. Une heure, peut-être deux, pensait-il, à attendre que le vieux remonte dans son buggy, et pour tromper son attente et sa peur, tout ce qu'il avait trouvé à faire, ç'avait été de se faire apporter une bouteille de scotch par Gigi qu'il avait tassée contre la porte pour la première fois parce qu'auparavant il n'avait jamais osé demander à une autre ce qu'Émérence lui accordait au compte-gouttes. Manchotte avait l'air de réfléchir à son offre, mais il se souvenait, lui aussi, de ce matin de juin où il avait été privé de la jouissance de l'espace ondoyant d'avoine ou de neige qui s'étendait devant lui jusqu'à la montagne. Il était sorti pour planter un tuteur sous une branche qui menaçait de se détacher du tronc de son unique pommier quand il avait entendu crier les freins de la camionnette arrêtée de l'autre côté de la route. Il était demeuré là, sans broncher, la main crispée sur le tuteur, tout le temps qu'avait duré le va-et-vient du couple, et il les avait regardés comme il n'avait rien regardé depuis la mort de son Illuminée: elle, toute menue, ses cheveux d'un blond décoloré lui collant au cuir chevelu, penchée au-dessus du feu où elle faisait chauffer de la soupe, tandis que lui, aussi court qu'elle mais trapu, avec une grosse tête frisée et noiraude, montait la tente en poussant des cris dès qu'il avait besoin de quoi que ce soit qu'elle finissait par lui apporter sans un mot, sans même un geste d'impatience, comme si elle était mue mécaniquement, quoique répondant avec un léger retard à ses ordres. La tente montée, il s'était assis, vêtu d'une camisole trempée de sueur et d'un pantalon bleu qui lui moulait les jambes, et il avait entrepris de vider les vingt-quatre bouteilles de bière qu'il gardait à sa portée. Puis elle fit cuire des saucisses avec des tranches de pommes de terre; il renversa une bouteille de ketchup là-dessus et, quand il eut tout avalé, il ouvrit une dernière bouteille qu'il but en écartant les jambes devant l'endroit même où, les jours suivants, devait s'élever la bicoque de contre-plaqué à la devanture de laquelle se dressa l'affiche — OREL'S SNACK-BAR — qui mit le feu aux poudres, car c'est en voyant apparaître ce panneau de tôle aux provocantes lettres rouges que Manchotte avait attelé la jument. Et puis, comme elle rabattait le large volet qui servait de comptoir, elle entendit le claquement des rênes, les roues criant dans le gravier, la jument rousse tirant le buggy démantibulé dans lequel se tenait le vieil homme au chapeau de feutre qui passait son temps à les observer sans leur adresser le moindre signe. Elle se souvenait aussi du froufroutement de l'avoine sous le ciel aussi lisse qu'une coquille d'œuf et de l'air vibrant de bourdonnements. Une crainte lui avait serré le cœur, elle n'aurait su dire pourquoi, peut-être était-ce simplement la surprise de voir le vieil homme mener sa monture à ce train d'enfer. «J'ai pas compris», dit Manchotte après que Jérôme eut refermé la porte. «I' dit d'y penser, i' r'viendra nous voir», répondit-elle en soupirant. «Tu sais pas à quoi j'pensais, hein?» demanda le vieux en lui prenant le bras, et elle fit signe que non, bien qu'elle devinât que c'était à leur première rencontre. «J'me rappelais les journées chaudes que j'ai passées dehors à r'garder ton Aurèle faire son fin devant les clients pendant que toi, t'étais comme une queue de veau, tu lâchais pas. Les patates à éplucher, à couper en morceaux, à faire frire. Maudite odeur de graisse! Ça m'donnait mal au cœur.» Et il se tut, la revoyant blanche comme du lait dans sa robe de coton fleuri, comme imperméable au soleil et à la chaleur suffocante des plaques de fonte où grillaient les petits pains et les saucisses. Mais à ce moment-là il n'avait pas pitié d'elle qui était encore du côté de Boudrias, et Boudrias c'était cette cabane achalandée qui lui cachait la montagne, qui violait l'émouvante ondulation de l'avoine.

Palma soupira en voyant Jérôme pénétrer dans sa large et longue Monte Carlo étincelante. Elle l'avait vu arriver dix minutes plus tôt alors qu'elle venait tout juste de monter dans la chambre où s'entassaient les ruines de son passé, tous mes souvenirs, comme elle ne cessait de le répéter à Manuel, l'homme brun que ses cartes lui avaient annoncé et qu'elle avait épousé peu de temps après que Gros-Jos se fut pendu à la cheminée, mariage conclu sous les auspices de la panique dans laquelle elle vivait nuit et jour, s'attendant à chaque instant à voir apparaître l'horrible visage accusateur de l'innocent. Si Manuel avait le mérite de ne pas boire, ce n'était pas un mari aussi souple qu'elle l'aurait voulu. Il suffisait qu'elle déclare: pas question d'aller vivre dans cette maison-là, hantée lui semblait-il par le fantôme de Gros-Jos et par son propre remords, pour que lui, d'un ton sec et tranchant, rétorque: c'est quand même là qu'on s'en va, ma vieille, et pas plus tard que mercredi. On était le lundi, c'est-à-dire le surlendemain des noces. Et effectivement, ce mercredi d'avril, ils quittèrent la grand'maison où elle avait toutes les misères du monde à supporter la troisième femme de son père, le vieux Bautront s'abstenant quant à lui de l'affronter, sûr de n'avoir jamais raison contre cette unique fille dont on disait pourtant qu'elle était son portrait tout craché. Manuel passait ses soirées à lui demander d'oublier ce qui était arrivé, ce soir de tempête où il l'avait quittée sans se douter que le lendemain matin son rival ne serait plus qu'un épouvantail gelé au bout de la corde qui lui avait cassé le cou. Et puis il en avait eu assez, il avait dit: on se marie ou bien tu me revois plus jamais. Elle avait dit oui, à la condition que les noces aient lieu à la grand'maison. Il n'avait aucune raison de s'y objecter, et depuis qu'elle lui avait juré obéissance devant le curé, il l'avait ramenée chez elle où ses talents de bricoleur trouvaient matière à s'exercer du matin au soir: une baignoire trônait maintenant dans la pièce autrefois réservée à l'entreposage des légumes. Tous les soirs, avant les nouvelles du sport, il faisait couler l'eau et il en avait pour au moins vingt minutes à barboter dedans, un rite aussi immuable et sacré que lorsqu'elle disait, après le déjeuner: j'monte une minute, et qu'elle passait une heure, sinon davantage, à fouiller dans les malles, commodes et boîtes de carton où survivaient, dans une violente odeur de naphtaline, les trésors de son passé, les menus objets qui avaient appartenu à son premier mari ou au garçon qu'ils avaient élevé jusqu'au jour où elle avait dû le faire enfermer à Saint-Jean-de-Dieu. Manuel n'avait pas encore eu le temps de piquer des crises de jalousie, toujours en train de transformer une maison qu'il essayait de refaire à son image avec une sorte d'acharnement calme et silencieux, mais ce matin-là il avait décidé de monter derrière elle en se promettant de lui faire passer cette manie de tripoter ses vieilles affaires, comme il disait. De l'étage, on dominait les alentours: le cimetière d'autos de Taillefer, la route, le champ d'avoine où le snack-bar d'Aurèle Boudrias, ce qui en restait plutôt, formait un monticule de débris calcinés, et l'insolite maison de Manchotte flanquée de remises qui semblaient en soutenir les murs. «Le gros Jérôme sort de chez le vieux», dit-elle en l'entendant pénétrer dans la pièce au parquet criard, la main tenant écarté le rideau jauni. «Qu'est-ce que ça peut bien nous faire?» répondit-il, maussade, les cheveux d'un brun grisonnant et si raides qu'ils ressemblaient à une crête de coq. Elle le regardait, les lèvres pincées, se retenant de lui reprocher son nez aigu, recourbé comme un bec de perroquet, et tout ce qu'elle put répondre ce fut ceci: « Si ça t'intéresse pas, c'qui se passe chez nous, ça te r'garde. Moi, ça m'intéresse », enchaînant aussitôt: « Ça doit faire pas loin de trois ans que Manchotte et lui se parlent plus, j'm'en souviens comme si c'était hier. Ça faisait des années que le vieux voulait acheter le champ d'en face, mais tu connais Jérôme, plus t'attends, plus les prix montent. Avec les touristes qui arrivaient, ça doublait. Lui, c'est comme ça qu'i' s'engraisse. Un beau jour, personne l'a su, le champ a été vendu à quelqu'un qu'on n'avait jamais vu avant, un homme assez jeune, une face de bandit. En trois jours, son restaurant était bâti. C'était pas tellement grand, faut dire. Mais le vieux, tout c'temps-là, i' souffrait le martyre. J'le voyais dépérir. J'me disais: i'passera pas à travers. L'été surtout, c'était plein de monde, des jeunes qui v'naient dépenser l'argent de leurs parents. Moi, ça me dérangeait pas trop, vu que j'm'endors jamais de bonne heure. Pis le restaurant a fermé quand l'automne est arrivé. D'après c'que j'ai su, le gars battait sa femme, plus p'tite que moi, tellement faible qu'a' pouvait même pas crier au secours. Mais pendant que son mari était parti demande-moi pas où — paraît qu'i' passait ses nuits à bambocher —, la p'tite femme est allée se cacher chez le vieux. Son mari est revenu. J'ai jamais réussi à savoir c'qui s'était passé cette fois-là, mais en tout cas on l'a pas revu, et sa femme est restée là, chez Manchotte, comme si le curé les avait mariés. — Les histoires des autres, Palma, ça m'fait pas un pli. J'ai toujours eu comme principe de me mêler d'mes oignons. Tu devrais faire pareil si tu veux pas finir commère. — T'as du front tout l'tour d'la tête, sais-tu! Ça fait pas un mois qu'on est marié, pis t'oses m'insulter. C'est vrai que les hommes, avant le mariage, ça file doux, mais après i' montrent leur vraie face!» Il souriait, les mains sur les hanches: «Ça prend pas grand-chose pour te mettre à l'envers, hein, Palma? Mais j'étais pas monté pour te dire ça, j'voulais seulement savoir quand c'est que t'allais finir de jouer avec tes maudites guénilles parce qu'à un moment donné va falloir que tu te décides à m'aider... — Pour commencer, tu sauras, Manuel, que mes guénilles c'est c'que j'ai de plus précieux au monde. Ça prend un sans-cœur pour pas comprendre ça! Pis j'vois pas pourquoi j'irais t'aider à mettre ma maison à l'envers. — Not' maison, Palma. — J'te l'ai pas encore donnée! — On est marié, oublie pas ça. — Quand même j'essaierais, tu serais là pour me l'rappeler.» Il s'était remis à sourire, comme s'il avait été témoin d'une scène particulièrement attendrissante. Et puis, fatigué de sourire, il redescendit en disant: «J'espère que t'oublieras pas de préparer le dîner.» Elle desserra les dents pour lui répondre, mais rien ne lui vint à l'esprit, pas même un simple mot de protestation, à croire qu'elle jugeait vaine toute tentative de résistance. Elle demeura accoudée sur la commode, devant la photo du Rouge prise alors qu'il travaillait dans l'Ouest où il l'avait entraînée quelques mois après leur mariage, comme s'il en avait eu assez de parler français et de gueuler contre les Bleus. Lui, ça ne le dérangeait pas de frayer avec des étrangers, de passer des journées de dix, douze heures, dehors, à ramasser le blé des autres, pendant qu'elle, incapable de dire et de comprendre deux mots d'anglais, préparait les repas d'une bonne vingtaine d'hommes jamais rassasiés et lavait leur linge tard le soir dans l'immense barrique où il lui arrivait d'avoir envie de disparaître sans un mot, surtout après la fausse couche qui l'avait rendue stérile à jamais. Le médecin qui l'avait emmenée dans un hôpital pas plus grand qu'une école de campagne avait beau lui expliquer ce qui lui arrivait, elle secouait la tête pour lui faire comprendre qu'il perdait son temps. Puis l'infirmière, répétant: «Keep quiet, keep quiet», lui avait collé un masque sur le nez et la bouche. Quand elle s'était réveillée, le médecin avait continué de débiter aussi lentement que possible des explications auxquelles elle ne comprenait rien, sauf qu'il s'était passé quelque chose de grave. Le Rouge avait tardé à tout lui avouer, à lui mettre dans la tête qu'ils n'auraient jamais d'enfant, même avec la meilleure volonté du monde. Il avait commencé par lui raconter que c'était un simple accident, puis, une fois à Montréal, il avait tout dit dans l'espoir de la convaincre d'adopter le dernier-né de leurs voisins. Et elle avait fini par se résigner à considérer comme le sien l'enfant d'une mère qui en avait déjà sept sur les bras, sans compter l'homme qui ne se souvenait d'elle que lorsqu'il lui prenait fantaisie de l'engrosser, sans se soucier de savoir à combien d'êtres il avait négligemment donné la vie entre deux cuites. Pauvre enfant, soupirait Palma, je l'ai gardé au moins trente ans. Si ç'avait été un enfant normal, j'vivrais avec lui encore aujourd'hui, pensant cela sans se rendre compte qu'elle l'aurait perdu tôt ou tard au bénéfice d'une rivale plus jeune. Pensant aussi: le Rouge avait tous les défauts du monde, mais jamais je l'ai vu me rire au nez. Jamais. Elle s'était redressée, le corps raidi, comme si elle devait demeurer fidèle à l'image que le regard rieur du

Rouge conservait d'elle et en même temps faire face à la volonté inflexible de son successeur, une tête dure, une queue molle, se dit-elle, honteuse de cette audace, de cette pensée indigne. Mais il était trop tard, rien ne pouvait chasser de son esprit cette image exaspérante, car elle devrait dorénavant, chaque soir, sentir ses mains froides lui courir le long du corps et rien de plus.

4

GÈNE n'était pas encore revenu de ses inlassables excursions dans les rangs les plus éloignés. Et tous ceux qui avaient négligé de se rendre à l'Hôtel de Ville, ce matin de mai, l'avaient vu sortir de son auto, flanqué de sa Cherry sobrement vêtue pour une fois et d'une caisse de bières qu'il déposait sur la table de la cuisine en entrant. « Vous boirez ça à la santé du nouveau maire de Saint-Emmanuel, mais peut-être que vous avez pas encore eu la chance d'aller voter pour lui ? » Et elle, de sa voix d'enjôleuse professionnelle, enchaînait : « On peut aller vous conduire si ça fait votre affaire. » Ça faisait généralement l'affaire des hommes, brusquement conscients de leur devoir civique, à l'exception de quelques vieux irréductibles qui tenaient la politique pour une pourriture, un vice public, une malédiction. Mais Phonse lui-même, qui n'avait jamais été partisan de quoi que ce soit jusqu'alors, s'était endimanché aussitôt que Gène avait déposé la caisse de bières sur la table d'arborite, répétant : « On laissera pas Florent continuer comme ça », allusion au fait que le directeur des Pompes funèbres cumulait les fonctions de maire et d'amant de madame Émérence Poirier.

Pendant ce temps, à l'*Hôtel du nord*, Jérôme se rongeait les ongles, moins inquiet du résultat que d'avoir à croiser Florent Dupré à l'Hôtel de Ville. Aussi, quand Ti-Pit s'approcha du bar pour lui raconter ce qui se passait là-bas, se sentit-il accablé par la nouvelle: le maire n'avait pas encore voté. «Ça s'peut pas, voyons!» Ti-Pit ricanait: «C'est pourtant la pure vérité. Personne l'a vu. Cherche ousqu'il est. — T'as pas vu Gène? — Juste comme j'sortais, i' rentrait avec Phonse.» Jérôme soupira profondément, alluma un des nombreux cigares qui bourraient la pochette de son veston et, prenant son courage à deux mains, lança à ses concitoyens attablés: «Bon, bin, les gars, j'vas voter pour le nouveau maire. En attendant, gênez-vous pas, le bar est ouvert», et il quitta son poste en essayant d'avoir l'air victorieux, sans se douter un instant que pendant ce temps-là Florent Dupré, même pas rasé, les yeux cernés, essayait désespérément de convaincre sa femme que tout ce qu'on avait débité sur son compte c'était de la politique, une cochonnerie des frères Poirier visant à le faire expulser de l'Hôtel de Ville. «Tu me connais, Marguerite. Ça fait quasiment trente ans qu'on vit ensemble. J'ai jamais rien eu à te cacher. — Non, jamais jusqu'à cet hiver!» Elle non plus n'était pas prête à se rendre à l'Hôtel de Ville, encore en robe de chambre, pour la première fois depuis leur mariage. «Pas si fort», chuchota-t-il. «Si tu penses que les enfants savent rien! Tout un chacun est au courant... — Au courant de quoi exactement?» Elle s'était raidie, et il s'attendit, l'espace d'un instant, à recevoir un coup en plein visage. «Tourne pas le fer dans la plaie, Florent. Tout ce que je te demande, c'est de te décider: pars ou reste, mais si tu restes, j'veux plus te voir partir pour Montréal. — J'y vas pour mes affaires. Ça fait des années que j'y vas régulièrement. — T'enverras les garçons à ta place. Décide-toi plus vite que ça si tu veux qu'on aille voter. Tu peux pas te permettre de perdre des votes, j'ai l'impression.» Lui qui avait toujours vécu masqué d'assurance et retranché derrière un mutisme de César sûr de ses prérogatives, comment pouvait-il faire face à la femme qui avait cessé de respecter la hiérarchie au point de lui coller le nez sur des faiblesses d'ailleurs amplifiées par la rumeur publique et le zèle électoral de Gène Poirier? Il se cacha le visage dans les mains, ce qui n'était pas un aveu de culpabilité mais de désespoir, croyait-il. Mais il ne pleurait pas, il se plaignait et c'était sincère maintenant qu'il éprouvait une véritable douleur. Marguerite le regardait, indécise, prise au dépourvu, savourant cette honte de mâle orgueilleux mais n'arrivant pas à se satisfaire de cela — de cette défaite momentanée — et se demandant s'il était temps de lui offrir le pardon moyennant quoi il l'assurerait d'une loyauté indéfectible. Elle imaginait, de l'autre côté de cette porte, les deux garçons interrogeant l'horloge, conscients de n'être que les témoins aveugles et impuissants d'un drame dont le dénouement était imminent, elle le leur avait promis la veille, après avoir trop tardé, victime de la confiance qu'elle croyait devoir à son mari. «Écoute, Florent...» Mais il cachait toujours son visage dans le refuge de ses grandes mains coupables. «Si t'es capable de me jurer sur la tête des enfants que t'as rien à te reprocher, j'suis prête à te croire. Mais jure-le-moi sur leurs têtes», avait-elle fini par dire en s'approchant de lui, tout à fait silencieux maintenant. « Jure-le », insista-t-elle, blanche de peur, car elle pressentait qu'elle lui demandait l'impossible. Lui semblait figé à jamais dans cette posture de vaincu, imaginant ce qui l'attendait s'il ne se parjurait pas dans les plus brefs délais : son départ, son évasion plutôt, sous leurs regards du même bleu fixe et limpide que celui de leur mère. Puis il dit simplement : « Allez voter sans moi », ce qui était tout dire. « Allez-y vite. » Il l'entendait respirer violemment, n'osant écarter les mains ou les doigts pour la voir se mordre la lèvre. Tout le temps que dura sa toilette, il resta là, assis sur le bord du lit, aveugle et muet. Puis les talons qui martelaient le plancher, la porte qui s'ouvrait sur le salon d'où les garçons, supposait-il, regardaient ce père vaincu, humilié au point d'enfouir son visage dans ses mains. Mais il n'y eut pas un mot, pas un chuchottement. Seulement des pas secs : Marguerite allant les rejoindre, l'air d'avoir sauvé ce qui lui restait — sa dignité — ; puis d'autres pas, qu'il reconnaissait sans méprise possible : son plus vieux qui s'avançait jusqu'à la porte et le regardait. Il pouvait sentir son regard l'accabler. Il ne reprit son souffle qu'un long instant après, lorsque la porte de la cuisine claqua. La pluie s'abattit brusquement sur le toit de tôle. Son premier réflexe fut de se précipiter vers le téléphone qu'il décrocha, puis raccrocha aussitôt. La valise qu'il emportait était légère, ne contenant que le strict minimum, deux ou trois chemises blanches, un pyjama et son rasoir électrique. Son chapeau rabattu sur les yeux, il courut jusqu'à l'auto garée devant la haie de cèdres, et il démarra en trombe. Ce fut seulement une fois sorti du village qu'il desserra les dents. Braille pas, Florent, se répétait-il. Braille pas.

T'as eu c'que tu voulais. Il lui semblait maintenant avoir commis quelque chose d'absolument irréparable et de définitif en répondant à Marguerite: «Allez voter sans moi» alors que tout était déjà joué dès le jour où, ramenant Émérence à l'hôtel, il avait cédé à cet irrépressible appétit que sa seule présence dans l'auto avait aiguisé. Et plus il s'éloignait du village, plus il lui semblait s'engager dans une impasse parce que, depuis le début, ce qu'il voulait, c'était l'aventure dans le confort, sans se rendre compte que cela ferait son temps et qu'il serait acculé à la déchirante obligation de trancher dans le vif. Il n'avait même pas renoncé à sa famille. C'était elle qui l'avait mis en demeure non pas de choisir mais de renoncer à elle comme à tout ce qu'elle représentait. Seul avec sa valise, il n'était plus grand-chose, ni maire ni époux: un homme payant de sa souffrance les torts qu'il avait commis et devant qui tout se brouillait — un paysage brumeux balayé par la pluie. Pour s'accrocher à quelque chose de tangible, il essayait d'imaginer les consolations que lui prodiguerait Émérence, trop heureuse de ce qui lui arrivait pour ne pas lui donner vingt fois mieux ce qu'elle lui avait déjà donné, et le désir lui noua le ventre. Mais il se sentait si démuni de tout ce qui avait fait sa force jusque-là qu'il craignait de lui apparaître comme une sorte de loque, surtout quand il se représentait leur vie de tous les jours, elle déjeûnant à la hâte avant de se rendre au magasin où elle gagnait sa vie et lui obligé de se trouver du travail comme n'importe quel chômeur sans qualifications précises, dépouillé de son prestige de maire, car il avait la certitude que le soir même Jérôme fêterait sa victoire, revanche méritée aux yeux de tous, tandis que lui, perdu dans un de ces appartements semblables à tant d'autres, au cœur de la ville, cuverait l'amertume de l'exilé, mais non, il ne fallait pas qu'il en soit ainsi, et il se disait: tu vas la faire mourir, tu vas l'épingler comme jamais — expression qu'il lui empruntait à son insu et qui avait sur lui un effet proprement aphrodisiaque. Mais pour le moment, il devait se contenter de rouler à travers la bruine, l'esprit obnubilé par cette réconfortante vision d'Émérence épinglée au milieu du lit.

5

LA SONNERIE du téléphone n'était qu'un filet
sonore, un lointain et dérisoire effort de communica-
tion avec l'assemblée délirante qui, en dépit de sa
moyenne d'âge assez élevée, demeurait bruyante,
pour ne pas dire tonitruante, non qu'il y eût discussion — le scrutin avait clairement établi la victoire
de Jérôme Poirier sur son unique adversaire, l'ex-
maire Florent Dupré —, non, c'étaient plutôt les
tournées générales qui fomentaient cet éclatement
de bonne humeur. Des bras gonflés de malice
avaient hissé Phil sur une table où, confus mais fier
de tant d'attention, il racontait pour la centième fois
comment l'ex-inspecteur Therrien lui était apparu un
matin, enchaîné à un arbre, et comment dans la
même soirée la police et lui-même avaient constaté
sa disparition. Il en tremblait encore, mais on n'en
riait plus, la police ayant dû avouer, au terme d'une
enquête de plusieurs jours, qu'effectivement Paul-
Emile Therrien, un retraité de soixante ans, depuis
peu de temps contribuable de Saint-Emmanuel, avait
disparu en laissant des traces si confuses que les re-
cherches n'avaient abouti à rien, sinon à établir un
rapport direct entre cette disparition et celle de
Marie-Rose, serveuse au *Café central*, qu'on soupçonnait de complicité avec le dénommé Maurice

Momo Boulanger, condamné à perpétuité pour le meurtre de Gigi Jolicœur et recherché depuis son évasion datant de la nuit de Noël. Mais c'était là que Phil contredisait la version policière : «J'la connais, Marie-Rose. On était quasiment fiancé. On viendra pas m'faire accroire des choses pareilles. Momo a dû l'enlever. C'est un maniaque, c'gars-là!» Jérôme jubilait au milieu de cette foule de partisans éméchés quand Cherry lui cria : «Le téléphone arrête pas de sonner. Ça doit être pour toi.» Mais il ne bronchait pas, l'air lunatique. «Le téléphone, Jérôme! — Le téléphone?» finit-il par demander. «Ça m'en a tout l'air : c'est noir, pis ça sonne.» Il se leva en faisant basculer sa chaise et décrocha distraitement. «Allô. Oui, c'est lui-même qui parle», l'entendit dire Cherry d'une voix hésitante. «Qui ça?» Puis un silence de mort. «Qui c'est qui a été élu, tu t'en doutes pas? Bin, c'est moi. Oui, mon vieux.» À l'autre bout du fil, mordant dans ses mots, Florent Dupré insistait, les yeux fixés sur le bébé joufflu et rosé du calendrier accroché au mur : «Comme ça, t'as eu c'que tu voulais, mon gros. Ça doit faire une dizaine d'années que tu rêves de ça, nuit et jour. Tant mieux pour toi. Franchement, ça commençait à me peser pas mal sur le dos, tu comprends? J'me suis présenté pour le principe. Pour que t'aies pas l'air d'être élu sans opposition. Parce que dans l'fond j't'ai toujours pris pour un bon diable, pas mal épais, mais ça, qu'est-ce que tu veux, c'est normal, on peut pas tout avoir. J'voulais juste te féliciter d'la part d'Émérence qui me disait justement y a pas cinq minutes : pauv' Jérôme, devenir maire ça va le consoler de jamais avoir été père. C'est tout un numéro, cette femme-là, j'te dis.» Mais il ne put rien ajouter de plus, Jérôme ayant raccroché en criant: «Va donc chier!» Et quand il raccrocha à son tour, Julienne le regardait d'un air désapprobateur: «Vous auriez jamais dû lui dire ça. Vous avez l'air de vouloir vous venger», dit-elle, mais il se contenta de hausser les épaules et de s'asseoir devant la tasse de café qu'elle lui avait servie. «Émérence devrait arriver d'une minute à l'autre. Arrêtez donc de vous faire du mauvais sang. — Dix heures! Les magasins ferment à neuf d'heures d'habitude. — Donnez-lui le temps d'arriver.» L'attente avait miné son assurance, et il se sentait à la merci d'Émérence comme si le fait d'avoir perdu ses titres de maire, d'époux et de notable, l'avait livré sans défense aux caprices du seul être capable de lui prouver qu'il était toujours une sorte de roi, vaincu peut-être mais par sa propre volonté et sans que personne ne puisse se vanter d'y être pour quelque chose. Il évitait de croiser le regard de Julienne, un regard volatile, comme sans attache avec l'esprit, mais qui brillait juste assez parfois pour donner l'illusion de saisir ce qui pouvait momentanément l'intéresser, et il était encore humilié d'avoir été surpris une heure plus tôt, assis devant leur porte, le front contre les genoux, lui, Florent Dupré, et d'avoir dû fournir un semblant d'explication tandis qu'elle lui ouvrait la porte sans se retenir de sourire. Il s'était bien gardé de lui raconter qu'il avait fait la navette entre le restaurant et l'appartement dans l'espoir insensé que l'une d'elles, de préférence Émérence, finisse sa journée plus tôt, se reprochant de n'avoir jamais eu l'idée de lui demander où elle travaillait. Pas un mot non plus sur ce qui se passait à Saint-Emmanuel, bien qu'il eût fini par en avouer une partie en téléphonant à l'*Hôtel du nord* pendant qu'elle préparait le café. Elle ne cherchait pas à en savoir davantage, se contentant de lui dire: «Vous auriez jamais dû lui dire ça. Vous avez l'air de vouloir vous venger.» Puis ce fut tout. Ils attendirent l'un devant l'autre, et quand elle lui versait du café, il hochait la tête en guise de remerciement, aussi obstinément muet que s'il avait été seul dans la petite cuisine éclairée par les tubes fluorescents au-dessus de l'évier. Rien ne changea dans leur attitude au moment où une clé tinta contre la serrure avant de faire jouer le verrou, sinon qu'il parut s'accrocher à sa tasse comme à une quelconque boule de cristal. Émérence retirait ses bottes dans l'antichambre, sans deviner sa présence. Il crut alors nécessaire de se lever, de repousser sa chaise et de se racler la gorge. «Mon Dieu que tu m'as fait peur, toi! Qu'est-ce qui t'arrive? Tu devais m'appeler avant la fin d'la soirée.» Mais elle ne le laissait pas parler, avançant la tête pour constater que sa sœur était attablée. «Ça fait longtemps que t'es là? T'aurais dû m'avertir, je me serais arrangée pour arriver plus tôt. — Ça y est, chuchota-t-il, j'suis libre. — Qu'est-ce que tu veux dire?» Mais il hésitait à en dire plus, prenant un air douloureux par quoi il essayait de lui communiquer son embarras. «Parle, voyons! C'est pas Julienne qui t'en empêche, j'espère.» Incapable de se montrer vraiment furieux, il se résigna à lui révéler, sous une forme atténuée, ce qu'il aurait voulu lui dire de but en blanc: «J'ai eu une discussion avec Marguerite à midi. C'est arrangé. — Parle pour que j'te comprenne, Florent. Qu'est-ce qui est arrangé exactement. — J'ai décidé de partir. De tout lâcher. Les affaires, la politique, la famille. — Es-tu sérieux?» Elle lui avait attrapé le bras. «C'est pas ça que tu voulais?» demandait-il, dérouté. «Oui, c'est ça que j'voulais, mais j'pensais jamais... J'me disais que ça prendrait du temps. Faut que j'me fasse à cette idée-là», et elle se dirigea vers la table, son manteau sur le dos, si bouleversée que sa sœur se leva pour lui offrir sa chaise. Il passa le reste de la soirée à leur raconter comment il s'était à ce point désintéressé de ses affaires que Jérôme lui avait volé la mairie. Émérence oubliait sa fatigue. Il fallut les bâillements répétés de Julienne pour la lui rappeler. Et quand ils se retrouvèrent seuls dans la pièce voisine, un salon converti en chambre à coucher, Florent n'était plus le même homme, il ne se vantait plus d'avoir tout liquidé par indifférence, comme il le faisait quelques minutes plus tôt; il parlait avec ses mains un langage plus humble, quêtant à nouveau une tendresse charnelle qui le délivrait de quarante-cinq ans de routine, aidant Émérence à se défaire de ses vêtements tout en bafouillant ces paroles qu'elle avait si longtemps attendues et que lui-même avait récemment apprises sous l'influence conjuguée du désir et du plaisir. Elle l'écoutait, apparemment distraite, lui redire: j'vas te manger, attends que j't'enlève ça, tu vas voir, et c'était comme si elle obtenait pour la première fois de sa vie l'hommage ultime de l'amant qu'elle avait toujours attendu et de qui elle pouvait tout exiger, y compris une foi aveugle et sans réserve — une sorte de culte qui la purifiait tout autant du mariage honteux auquel elle avait consenti que de la mésaventure amoureuse qui l'avait aidée à le supporter. Aussi, en dépit de sa fatigue, se laissait-elle caresser par ces mains fébriles mais d'une adresse qui n'allait pas tarder à la satisfaire tout à fait.

DEUXIÈME PARTIE

1

DE LA LUCARNE qui donnait sur la route silencieuse et les maisons mortes, elle ne pouvait le
voir venir, mais son pas traînant la rassurait. Elle
l'entendait monter l'escalier, soulever la trappe, suivre le corridor, puis entrer en la regardant à peine,
sans ouvrir la bouche, la barbe plus longue que
jamais, l'air si épuisé qu'il parut soulagé d'un
poids énorme lorsqu'il déposa son fusil et un lièvre
sur la table, juste sous la lucarne où elle se trouvait
assise. Elle se leva d'un bond pour repousser le lièvre criblé de plombs et encore tiède dont la vue lui
soulevait le cœur. «Encore du gibier! Tu voulais
faire un spécial pour le réveillon?» Il se contenta
d'accrocher sa tuque enneigée et de se réchauffer les
mains en lui tournant le dos, aussi maigre qu'un an
plus tôt, quand elle l'avait trouvé endormi dans un
tonneau de cèdre, derrière chez son père. Peut-être
parce qu'elle se sentait maintenant condamnée à vivre avec lui, sans pouvoir espérer mieux que ce
qu'elle avait — un refuge, une prison, une solitude
presque totale et toujours la même nourriture, la
même viande sauvage —, une rancune grandissait en
elle, cherchant les mots pour s'exprimer et y parve-
nant de mieux en mieux: «Si au moins on mangeait
des patates une fois par semaine!» Au lieu de

profiter du beau temps, du bel été qu'on avait eu, il avait préféré monter les meubles à l'étage, puis creuser, de longues journées durant, un tunnel souterrain débouchant sur la rivière où l'attendait, dissimulé dans des buissons d'aulnes, le radeau qui devait lui permettre de disparaître vers le sud. Toute la chaude saison avait passé à ces travaux, à ces robinsonnades qui, pour elle, n'étaient que fantaisies. «Une vraie folie de pas avoir prévu qu'on crèverait de faim», dit-elle en se rappelant que, même après avoir achevé d'aménager leur abri, il ne trouvait pas le temps de se soucier de sa santé, trop orgueilleux pour accepter de bon cœur les quelques conserves que le Vieux leur avait offertes. Mais il ne bronchait pas, les mains toujours étendues au-dessus du poêle, comme si son sang n'arrivait pas à se réchauffer. Elle pouvait compter les mots qu'il disait dans une journée, même quand il daignait passer quelques heures en sa compagnie, si absent qu'elle avait parfois l'impression qu'il jouait à être là tout en vivant ailleurs, elle ne savait où exactement puisqu'il se gardait bien de lui en souffler mot. Il lui arrivait de s'éveiller sans comprendre ce qu'elle faisait là, dans cette maison qu'il avait préférée aux autres sans doute parce qu'elle était la plus éloignée de la route, la plus proche aussi de la rivière et des bois. Pas un instant il n'avait eu pitié d'elle, accablée par le poids qu'elle portait et qui lui prenait toute son énergie, croyait-elle. Pas un mot ou un geste de reconnaissance dès l'instant où il l'avait fait monter derrière lui sur le cheval, après lui avoir arrimé le balluchon au dos. Il ne l'avait pas prévenue de la décision qu'il avait prise en cours de route si bien qu'elle ne s'était pas le moins du monde préparée à se trouver devant le corps de l'inspecteur. Et quand elle avait poussé un long cri, il lui avait pincé la cuisse. Puis il avait fallu qu'elle descende, qu'elle l'aide à briser la chaîne rouillée et à coucher le corps en travers de la selle, les yeux à demi clos parce qu'elle ne voulait rien voir, rien savoir de tout cela — du cheval que Momo tirait par la bride, sans un mot pour la rassurer, lui dire que ça ne serait pas long, même si ça devait au contraire durer plus de deux heures, cette pénible marche dans la forêt sombre et le silence oppressant de cette après-midi. Toujours chargée du balluchon, elle perdait pied, se relevant aussi vite qu'elle pouvait, car lui, devant, ne se donnait pas la peine de l'attendre. Elle avait refusé de s'asseoir devant le feu qu'il avait allumé dans son abri de pierres plates où il avait récupéré ses affaires. Elle avait grelotté, dehors, le dos tourné à la monture indifférente, essayant surtout de ne pas penser à ce qui l'attendait, et quand elle l'avait vu sortir avec son barda, elle ne lui avait rien demandé, bien qu'il ne daignât pas ouvrir la bouche, ne fût-ce que pour l'informer de ce qu'ils allaient faire du corps et de l'endroit où ils se rendaient. Ils avaient dû marcher encore vingt ou trente minutes avant de rejoindre la route asphaltée où elle avait fini par deviner qu'ils se dirigeaient vers le torrent dont les eaux devenaient de plus en plus assourdissantes à mesure qu'ils descendaient la pente aboutissant au pont de bois où ils s'étaient finalement arrêtés pour décharger le cheval du corps. «Apporte-moi les plus grosses pierres que tu peux trouver. Des plates autant que possible», avait-il dit en déroulant la corde qui lui servit à lier les pieds et les mains du mort. Elle se souvenait d'avoir longé la route et de lui avoir rapporté ce qu'il lui avait demandé, mais le reste était confus, elle avait fermé les yeux, elle l'avait laissé pousser le corps dans le gouffre bouillonnant et cascadant où il avait disparu sans qu'elle entende le moindre bruit. Quand elle avait ouvert les yeux, ç'avait été pour voir Momo fixer son sac à dos et le balluchon à la selle du cheval. Puis, après avoir fait un bout de chemin sur l'asphalte, ils avaient tourné en rond, à la recherche, supposait-elle, d'un sol déneigé et rocailleux où les sabots de la monture ne laisseraient aucune trace. C'est alors seulement qu'il consentit à lui parler, à lui demander si elle voulait monter. Elle dit simplement oui. Et il se chargea du sac avant de l'aider à monter. «Une chance que j'portais un pantalon», dit-elle, et il se retourna, non pas pour essayer de comprendre ce qu'elle voulait dire, mais pour déclarer: «Arrête de brailler, j'vas t'en trouver, des patates si ça te manque tant qu'ça!» Elle ne fit pas un geste pour le retenir, l'empêcher de remettre sa tuque, de prendre son fusil et de descendre l'escalier dont elle connaissait maintenant le nombre exact de marches, dix-neuf, pensant qu'il ne cherchait rien d'autre qu'un prétexte pour disparaître de la maison comme il le faisait tous les matins, sitôt la dernière cuillerée de gruau avalée — toujours le même gruau sans lait qui lui faisait regretter le temps où elle croquait dans du pain grillé qu'elle trempait dans la marmelade ou le sirop d'érable —, mais elle ne soupçonnait pas, et comment l'aurait-elle pu? qu'en sortant de la maison, une fois rassuré sur la parfaite tranquillité des lieux, il se rendait à l'écurie abandonnée à l'extrémité ouest du village, et que, là, tous les matins, il sellait son cheval avant de s'enfoncer dans les arbres, piquant tout droit vers la même destination qu'il mettait une heure à atteindre. Et sans descendre de cheval, au risque d'être vu, il scrutait le torrent de moins en moins bruyant à mesure que l'été étanchait sa soif, et puis, comme apaisé par le bouillonnement du gouffre d'où rien n'émergeait, il retournait au village par le même chemin forestier, tout en mordillant une branchette de sapin ou d'épinette qui remplaçait le tabac dont il devait se passer depuis que Marie-Rose partageait son sort. Ce n'était que depuis l'avant-veille, avec le gel sans doute définitif, qu'il avait cessé de se rendre sur le pont de bois et de s'interroger sur le mystère de la mort de Therrien. La seule explication raisonnable qu'il avait trouvée l'effrayait à tel point qu'il la repoussait violemment en se disant: «J'vois pas pourquoi i' se serait laissé crever. J'peux pas voir pourquoi...» Ce matin-là, donc, comme la veille, il avait tourné en rond, perdu dans ce village en ruines, au milieu des maisons de bardeaux dont les portes et les fenêtres semblaient fermées sur un silence ahurissant; perdu et furieux d'avoir été trompé, d'avoir cru tout recommencer quand, sortant de la nuit et des bois, le village lui était apparu dans le crépuscule de cette épuisante journée de printemps. Pour la première fois depuis leur départ, il lui avait souri. «Ça s'appelait Graham avant», avait-il dit avant de se remettre en marche, les jambes raides, les pieds trempés et gelés. Ils avaient pénétré dans un monde suspendu, sans souffle, n'attendant apparemment que le claquement des sabots et le raclement de ses bottines pour se remettre à vivre. Marie-Rose s'était redressée sur la selle, et ses yeux vifs aux aguets lui avaient rappelé ceux d'un écureuil. Il s'était même

dit, pour être gentil: j'vas l'appeler «mon écureuil».
Mais il avait trop tardé à le faire. Ensuite ça lui était
sorti de l'esprit. Il avait fallu discerner parmi toutes
ces maisons vides celle qui lui convenait le mieux,
compte tenu de son statut d'évadé et de kidnappeur
— ce qu'il était devenu en entraînant Marie-Rose
dans sa fuite —, et de meurtrier aussi si jamais on
retrouvait le corps de Therrien. Dans ce cas, en effet, il aurait été à peu près le seul à croire à son innocence. Marie-Rose l'avait suivi docilement
jusqu'au moment où, trop vite contente de s'installer
dans la maison qu'il avait finalement choisie, après
avoir fait le tour du village, elle avait refusé de monter se cacher à l'étage comme il l'exigeait, prétextant
qu'on ne savait jamais ce qui pouvait arriver. Elle
n'avait pas dit non, elle avait simplement continué
de défaire son balluchon dans la grande pièce poussiéreuse, éclairée par une lampe à l'huile, et où se
trouvaient rassemblés, pêle-mêle, les meubles du salon, de la cuisine et la chambre à coucher, comme si
les derniers occupants avaient été contraints de vivre
dans cette seule pièce avant de se résoudre à partir.
«Tu devrais faire du feu», avait-elle dit. Peut-être
était-il trop exténué pour chercher à la convaincre:il
braqua son fusil sur elle en lui faisant signe de monter. Elle avait laissé tomber son balluchon, l'avait
regardé un court instant et elle avait monté l'escalier
en se jurant de ne jamais oublier ça. Puis elle l'avait
entendu barricader la porte, monter à son tour, passer devant le sofa où elle s'était étendue, enroulée
dans une draperie qui exhalait une poussière pi-
quante, et se mettre à explorer tout l'étage jusqu'au
moment ou il découvrit la pièce, dotée d'un poêle de
fonte, qu'il se mit à aménager dès le lendemain. Ce

n'était pas la première fois qu'elle racontait cela au Vieux assis près du poêle — il était arrivé deux minutes après le départ de Momo, car depuis qu'il avait failli écoper d'une décharge de plombs, bien que Marie-Rose l'eût en quelque sorte présenté à Momo comme un vieil ours tout à fait inoffensif, il s'arrangeait pour faire ses visites en l'absence du maître des lieux. Il frappait à la porte trois coups d'affilée, puis deux autres coups, et alors, si elle n'était pas en train de nourrir le bébé, elle s'échinait à soulever la lourde trappe qui l'isolait du rez-de-chaussée et elle déverrouillait la porte avec une sorte de joyeuse excitation, comme si elle avait dix ans et que le Père Noël arrivait. Il lui ressemblait avec sa grande barbe jaunie, son rire, brusque comme une toux, qui venait de réveiller le bébé, et sa manie de toujours sortir une surprise d'une de ses poches, un pot de lait en poudre cette fois. D'autres fois, c'étaient des cornichons, un peu de café, des confitures — tout cela d'origine inconnue. Momo prétendait qu'il avait dû dévaliser le magasin général en prévision de l'exode, mais ça lui était égal. Ce qui comptait, c'était de recevoir ce gage qu'il lui tendait comme un billet d'entrée. Aveuglée par une reconnaissance bavarde, elle se mettait à lui raconter n'importe quoi, même ce qui aurait dû demeurer un secret absolu entre Momo et elle, mais c'était peut-être la douzième fois qu'elle revenait là-dessus, sur leur fuite, leur longue marche à travers bois et leur arrivée à Graham — la même histoire qu'il était trop seul pour trouver ennuyante et qu'il écoutait avec la même attention vigilante, en hochant la tête, assis le dos au poêle, tandis qu'elle donnait le sein au bébé de quelques mois, sans prendre garde de lui en mon-

trer plus que nécessaire. Elle insistait tant sur les détails — le fait, par exemple, que Momo l'avait forcée
à monter le soir de leur arrivée plutôt que de la laisser s'installer en bas, parmi les meubles — que le
Vieux avait renoncé à mettre un peu d'ordre dans
cette accumulation de faits, ne tenant d'ailleurs pas à
savoir ce qui s'était passé avant puisque pour lui, ce
qui importait, c'était de pouvoir faire rayonner ce
jeune visage de femme ou de voir le bébé sucer la
tétine brune tandis qu'il lui semblait voir s'égoutter
de l'autre sein la sève même de la vie. Cet écoule-
ment de son sein donnait à Marie-Rose l'effrayante
sensation de perdre le peu qu'elle pouvait encore
donner à cet enfant né dans un cauchemar. «Vous
rappelez-vous le soir où Momo a couru chez vous?
Ça faisait des heures que j'me lamentais, que j'lui
disais: fais quelque chose, j'ai des crampes. J'sentais
que ça s'en venait. Mais lui, j'pense qu'i' vous faisait pas confiance. Pas parce que c'était vous. Plutôt
parce qu'i' peut plus faire confiance à personne.
J'avais beau lui répéter que vous étiez pas comme
tout l'monde, que vous aussi, vous aviez passé vot'
vie à vous cacher, y avait rien à faire. I' restait là
sans broncher. A fallu que j'me mette à crier comme
une folle. Le temps que vous r'veniez avec le cheval, j'pensais que j'allais éclater. — Pense pus à ça,
pauv' fille, c'est fini.» Et elle se tut parce que le
bébé pleurait et qu'elle devait lui donner le sein auquel il n'avait pas bu, se rappelant la nuit noire où le
cheval les entraînait, l'intense douleur de ses entrailles que les cahotements de la voiture empiraient, les
claquements de langue du vieux et la main glacée de
Momo qui lui serrait le poignet quand elle se laissait
aller à crier, puis la lumière qui lui avait tout à coup

brûlé les yeux, les visages méconnaissables penchés sur elle, la voix impérative du médecin et sa chair qui se déchirait interminablement. «Pis après j'ai rien vu, j'dormais déjà», finit-elle par dire. «Quand j'me suis réveillée, j'avais l'impression d'avoir été écrasée. J'avais mal partout. Mais lui, au lieu de rester là, de s'occuper du bébé, i' nous attendait dehors en donnant à manger à son cheval. Avez-vous déjà vu ça, vous?» Elle pensait, mais sans le dire, qu'il avait dû regretter son égoïsme parce que depuis cette nuit-là il ne l'avait plus approchée, sauf la fois où il avait voulu s'étendre près d'elle et qu'elle l'avait accueilli en lui disant: «T'as le front de vouloir recommencer?» Il était retourné se coucher sur la paillasse qu'il étendait tous les soirs sur la trappe pour être sûr de ne pas être pris par surprise si jamais on venait à monter. «Je l'ai jamais vu prendre le bébé. C'est juste si ça lui arrive de le r'garder», reprit-elle. Mais le Vieux s'était levé: «Va falloir que ses idées fixes s'en aillent toutes seules. Surtout la peur. Ça prend du temps pour s'en défaire, des fois. Quand i' voit le bébé, sais-tu c'qui lui passe par la tête? I s'rappelle c'que t'as enduré», et il s'enfonça sa casquette jusqu'aux oreilles. «Bois du lait, ma fille, si tu veux en donner au bébé. Pis arrête de jongler comme ça, c'est pas bon.» Elle déposa le bébé dans la corbeille, l'emmitoufla, puis courut l'aider à soulever la trappe qu'elle referma sitôt qu'il eut descendu l'escalier. «Oubliez pas de fermer la porte comme il faut!» lui cria-t-elle. De la lucarne, maintenant, elle pouvait voir la neige tourbillonner comme dans un remous, mais elle avait l'esprit ailleurs, la poitrine gonflée d'angoisse, comme si sa solitude lui avait semblé définitive et sans issue — une angoisse pas vraiment nouvelle puisqu'elle la surprenait en plein jour, à n'importe quel moment, depuis qu'elle vivait enfermée dans cette chambre où elle était séquestrée. Quand ça devenait insupportable, elle se jetait sur son bébé et le serrait contre elle en le berçant, en se berçant en même temps.

2

Il LUI AVAIT DEMANDÉ de sa voix affaiblie, à peine audible: «Penses-tu que tu peux atteler la Brune, te rendre jusque-là toute seule, pis ramener Calixa?» Et il avait attendu qu'elle lui dise oui, sa main crispée sur son bras valide, avant de lui tendre le bout de papier d'emballage sur lequel il avait dessiné l'itinéraire qu'elle devait suivre. Tout ce qu'elle avait dit, ç'avait été: «Qu'est-ce que vous voulez que j'lui dise? — Qu'il faut absolument que j'lui parle de sa mère. Attends une minute... Si jamais tu l'trouves pas, glisse cette enveloppe-là sous la porte, mais j'aimerais mieux que tu le ramènes parce que j'me sens aller pas mal vite, ma p'tite, j'faiblis à vue d'œil...» Depuis qu'il était au lit, c'est-à-dire depuis près d'une semaine, refusant qu'elle aille chercher le médecin et qu'elle lui serve autre chose que du thé bouillant «pour me réchauffer le sang», comme il disait, il avait été terriblement occupé à se souvenir de tout ce qu'il avait juré de raconter à au moins l'un des deux enfants de la femme qu'il avait enlevée à son mari et à laquelle il avait été incapable de donner des enfants. Il se rendait compte, saisi par le froid et la faiblesse, qu'il ne pourrait pas tout dire: ce n'était pas une question de temps mais de convenance. Après s'être juré de ne pas mentir, le moment venu, il sentait maintenant à quel point c'était non seulement pénible mais irrespectueux, car pour Calixa, orphelin de mère et célibataire farouche, l'amour devait être quelque chose de tout à fait différent de ce que, lui, pouvait lui en dire, de telle sorte qu'il devenait pratiquement impossible d'évoquer le bonheur fragile et passablement tourmenté qu'il avait partagé avec cette femme dévorée par le remords jamais avoué d'avoir abandonné les deux enfants qu'elle avait mis au monde. Pas question non plus d'attribuer la responsabilité de ce qui avait été au mari qu'elle avait choisi, disait-elle, à cause de son regard doux, lui avouant beaucoup plus tard que c'était pour une raison autrement plus pressante qu'elle l'avait épousé, mais cela resterait entre elle et lui. Calixa n'avait pas besoin de savoir que sa mère le portait déjà en elle quand elle avait décidé de proposer le mariage à Boulanger étonné de cette chance inespérée, de cette occasion qu'il n'aurait jamais eu la témérité d'entrevoir. Même s'il osait lui faire cet aveu, il serait incapable de lui préciser le nom de son véritable géniteur, Illuminée ayant refusé de s'en souvenir. Finalement, pensait le vieux, j'peux presque rien lui dire. Sauf peut-être qu'elle n'était pas morte d'un cancer, comme l'avait prétendu le médecin, à moins que ce fût le cancer du chagrin qui l'eût emportée — le chagrin quotidien, indéracinable et muet, contre lequel il avait vainement tenté de lutter quinze ans durant jusqu'à ce qu'elle renonce à la vie qu'elle avait cru pouvoir mener en compagnie de l'homme qui l'avait emmenée loin de son mari et de ses enfants. Oui, cela pouvait se raconter — il le fallait bien s'il voulait rendre à l'aîné des enfants le visage réconfortant de celle qui aurait dû représenter la chaleur et la douceur de la vie. À ce moment-là, il entendit la porte de l'écurie grincer et il se détendit, sûr que Paulette saurait se débrouiller. Respirer lui coûtait de douloureux efforts, comme si l'air qu'il aspirait devait traverser une membrane dont les pores auraient été encrassés. Il n'avait plus peur de mourir, n'attendant plus que le moment où il cesserait de ressentir cette flamme vive dans ses poumons. Il craignait seulement de ne pouvoir s'acquitter de la promesse faite à Illuminée au moins vingt fois avant de la perdre. Cela s'adressait surtout à Calixa, qu'elle avait eu le temps de connaître et qui devait lui rappeler l'amant que, pour une raison inconnue, elle n'avait pu épouser. Mais il n'avait pas besoin de savoir qu'en plus d'avoir perdu sa mère à l'âge de deux ans, il avait été élevé et nourri par un homme qui n'avait rien eu à voir dans sa naissance.

Cet effort de conscience l'avait tellement affaibli qu'à leur arrivée ils le trouvèrent endormi. Paulette lui secoua le bras jusqu'à ce qu'il parvînt à soulever les paupières, juste assez pour apercevoir, devant la rampe de l'escalier, la silhouette immobile de Calixa, les mains le long du corps, l'air d'assister à un spectacle qui ne requérait de lui qu'une attention passive alors même que Manchotte — personne ne semblait se souvenir de son nom de famille — lui faisait signe d'approcher. «Voulez-vous avoir du thé chaud?» demanda Paulette qui cherchait un prétexte pour s'éclipser. «Apporte-nous-en donc, ma p'tite, mais dis-lui de s'approcher parce que j'me sens pas capable de crier.» Calixa s'assit sur une chaise, si on peut appeler ainsi l'espèce de siège privé de dossier qui se trouvait à côté du lit, sans se départir de cet air à la fois attentif et méfiant — pas vraiment méfiant, plutôt réservé jusqu'à l'indifférence. Il s'était assis en posant les mains sur ses genoux, sa chemise de laine déboutonnée. Sa pipe refroidissait dans l'une de ses poches. Paulette lui avait dit: «La fumée l'étouffe.» C'était à peu près tout ce qu'elle avait dit depuis le moment où elle lui avait fait le message de Manchotte et qu'il était monté à côté d'elle sans s'étonner de rouler en buggy dans toute cette neige, trouvant cela aussi naturel que d'avoir emboîté le pas à une étrangère venue l'arracher à son repaire forestier. Il n'avait pas commis l'affront de lui enlever les rênes, il l'avait laissée conduire la jument sur la route glissante. Ce fut seulement une fois devant la porte de l'écurie qu'il paru vouloir intervenir entre elle et ce qu'elle croyait devoir faire, non pas d'une manière abrupte mais tout naturellement, en fronçant les sourcils et en avançant la main vers les rênes. Elle descendit pour ouvrir la porte de l'écurie où il fit entrer la jument et le buggy qu'ils dételèrent en un tour de main. Pas une fois il n'ouvrit la bouche, sauf pour en retirer la pipe quand elle lui eut dit: «La fumée l'étouffe.» Le visage de Manchotte, blanchi par une barbe de quelques jours, paraissait apaisé, comme s'il avait enfin été délivré d'une longue attente ou soulagé d'une vieille crainte, mais ses lèvres tremblaient de fièvre, et Calixa dut pencher la tête vers lui: «Tu connaissais pas Paulette, j'pense. Tu sors pas tellement du bois, faut dire. Nous autres non plus. Mais c'est pas pour te parler d'elle que j't'ai fait venir. C'est parce qu'avant de partir j'veux régler mes dettes, tu comprends?» Calixa écoutait sans broncher, seulement attentif, croyant peut-être entendre l'ultime délire d'un vieillard avec qui il n'avait rien de commun. «Va donc me chercher la boîte de tôle, là-bas, sur la commode», lui demanda Manchotte en essayant de se soulever sur le coude. «Tu peux l'ouvrir», dit-il quand Calixa la déposa sur le bord du lit. «Ça t'appartient.» Calixa ouvrit la boîte où il aperçut, interloqué, une photo qu'il reconnaissait sans peine, en dépit de l'éclairage fumeux de la lampe à l'huile, n'arrivant pas à établir quelque relation que ce soit entre cette photo et celui qui en était le propriétaire plus ou moins légitime. «C'est toute une histoire, mon gars, mais j'pense que j'aurai pas la force de tout te raconter. J'aimerais mieux que tu me poses des questions.» Calixa fronçait les sourcils sans cesser de regarder la photo à laquelle il semblait s'adresser en demandant: «Vous l'avez connue, vous?» Manchotte répondit oui, rien de plus parce que Paulette montait. Elle donna une tasse à Calixa, puis, contournant le lit, elle approcha l'autre tasse des lèvres gercées du vieux qui ingurgitait péniblement de petites gorgées de ce thé fumant. Sa tête retomba sur l'oreiller sans taie. Sa respiration redevenait sifflante. Il attendit qu'elle redescende avant de répondre: «Ah! oui, je l'ai connue... Je l'ai même vue mourir, mon gars, y a déjà quinze ans. Quinze ans! — Vous l'avez rencontrée en ville?» Manchotte secouait la tête, comme s'il n'avait plus trouvé les mots convenables. Calixa avait perdu son air de spectateur attentif, penché vers le visage ridé et blanchi, sans yeux, sans voix, presque cadavérique. «M'entendez-vous?» répétait-il avec une sorte de fureur contenue. «Pas en ville, non. Ici, au village. J'travaillais au clos de bois comme journalier. T'étais pas vieux, mon gars. J'me demande si t'avais deux ans. J'vivais à Laurierville, pas loin de chez le docteur. Un bon jour, i' me demande de l'emmener au village. Ça me forçait à partir une heure plus tôt, c'était pas la mort d'un homme. J'y dis : embarquez. Le docteur a mis au monde ton frère Maurice. Ta mère et moi, on est parti ensemble deux mois après... — Pourquoi? » demandait Calixa moins scandalisé que franchement étonné. Mais Manchotte avait détourné la tête sans répondre, comme s'il avait refusé de traduire dans le langage courant ce qui s'était passé : les immenses yeux douloureux d'Illuminée, les jambes écartées, tandis que le médecin se plaignait du mari incapable de supporter la douleur de sa femme et qui avait préféré se réfugier on ne savait où, si bien que c'était à lui, un pur étranger, que le médecin avait dû faire appel pour l'assister. Comment expliquer à Calixa que le regard éperdu de sa mère avait creusé en lui un puits de tendresse? Il lui avait simplement tenu la main, et elle s'était abandonnée, l'air apaisé par cette chaleur qui l'avait aidée à dire enfin oui à ce qui se passait dans ses entrailles. Elle avait surtout cessé d'avoir peur, comme elle le lui avait dit plus tard, parce qu'elle savait qu'il resterait là jusqu'à la fin, même si elle se mettait à hurler ou à se débattre. Mais lui, en quittant son chevet avec le médecin, il y avait laissé son esprit, et le lendemain, zombie ou somnambule, il avait donné son bras droit à la scie, sans rien ressentir sur le coup, moins ébahi que ses camarades par la fontaine de sang qui jaillissait de son coude. Ils l'avaient forcé à s'étendre, puis le patron, Nicolas Kravenchouk, lui avait garrotté le biceps pour couper court à l'hémorragie en attendant qu'on le transporte à l'hôpital. « Quand j'ai vu ta mére, mon gars, j'ai perdu le nord complètement. J'ai même perdu mon bras. C'était une drôle de déclaration d'amour, tu trouves pas? Parce que — devine c'que j'ai fait? — j'me suis présenté chez vous avez mon moignon, j'lui ai dit que c'était à cause d'elle que ça m'était arrivé et que si elle voulait pas me suivre, je finirais en morceaux. Ça l'a fait rire. Moi aussi j'ai ri. Son mari est arrivé sur les entrefaites, pas le moindrement surpris de me voir là. Ça m'a encouragé à y retourner. Pis, un bon jour, ta mére m'attendait avec sa valise. J'suis jamais revenu au clos de bois. On s'est caché à Rascouche. La première année, ça marchait comme sur des roulettes, on était fait pour s'entendre», dit-il, presque distrait, comme s'il était revenu auprès d'elle, fasciné à nouveau par ce regard éperdu qui l'avait bouleversé dès le premier instant où il l'avait croisé, et comme s'il avait encore tenté de l'étourdir de caresses et de paroles grâce à quoi il croyait pouvoir la guérir d'une nostalgie de plus en plus envahissante, car l'apaisement de l'oubli n'était pas venu avec les années, contrairement à ce qu'il avait escompté. On aurait dit que l'éloignement lui rendait le souvenir de ses enfants — de l'aîné surtout — plus cuisant, plus intolérable, qu'au cours des premières années où elle avait quand même connu des moments de joyeuse insouciance, des dimanches de bonheur presque plein. «Ta mére pouvait pas vous oublier. Des fois, j'la sentais tellement triste que j'lui conseillais de me planter là et d'aller vous retrouver, mais j'ai jamais pu la convaincre, peut-être parce que ça lui faisait peur. Penses-y: après avoir laissé ses deux enfants à son mari, revenir comme si de rien n'était! Elle a enduré tant qu'elle a pu. J'avais beau me dire que c'était d'ma faute si cette femme-là menait une vie d'enfer, y avait rien à faire, tu comprends? On pouvait plus revenir en arrière.» Puis il se tut, à bout de souffle, vidé, déchargé de la promesse faite à la femme qu'il avait été impuissant à délivrer de son lancinant regret. Le regard noir et brillant de Calixa lui rappelait l'insoutenable cri de muette que poussait Illuminée. «Jamais un mot pour se plaindre, mais c'était pire», reprit-il, «c'était pire parce que quand j'la surprenais en train d'me regarder comme tu le fais, Calixa, j'perdais tout mon courage... — Pourquoi avoir fait ça?» insistait Calixa, le regard fixé sur la photo de mariage mutilée où n'apparaissait plus que la mariée, son air songeur, les longues tresses lui encadrant le visage, son large front, ses pommettes si marquées qu'elles jetaient un peu d'ombre sur les joues, et il se disait que c'était Manchotte qui avait cisaillé la photo, soit par jalousie, soit pour conjurer l'obsédant souvenir non seulement de l'homme qu'ils avaient tous les deux sacrifié à leur appétit de vivre mais des deux innocents privés pour toujours de refuge maternel, condamnés de la sorte à ne jamais connaître l'apaisante tendresse des femmes. Il n'y aurait pas de réponse à la question de Calixa, à son «Pourquoi avoir fait ça»; seulement ce geste de Manchotte lui désignant la boîte de fer-blanc où se trouvaient quelques photos, une mèche de cheveux et une dizaine de lettres jamais terminées, jamais envoyées non plus, dans lesquelles, pouvait-il supposer, sa mère essayait de se faire pardonner ce jour de mai où elle avait en quelque sorte transgressé la loi la plus naturelle, la plus animale qui soit, en se déchargeant de ses rejetons pour suivre un homme qui avait perdu un bras par amour pour elle et qui se déclarait prêt à perdre tout le reste s'il le fallait. Il ne pouvait pas comprendre cela, n'ayant d'ailleurs ni le goût ni l'intention d'essayer de le comprendre, même si désormais il devait cesser d'attendre le retour de cette mère dans l'ombre de laquelle il avait vécu jusque-là. Les souvenirs matériels que Manchotte lui léguait lui semblaient curieusement insignifiants puisqu'ils ne lui rendraient jamais la femme dont ils n'étaient que les reliques. Il referma le couvercle, et quand Manchotte avança la main vers lui, il eut un mouvement de recul, mais il laissa la main glacée lui serrer le bras avant de se lever et de descendre l'escalier. Il s'arrêta derrière Paulette qui, debout, le nez collé à la vitre, ignorait tout de ce qui avait pu se tramer en haut; il la vit se frotter les yeux, et il fut tenté de s'approcher pour lui tapoter l'épaule. Il n'en fit rien, paralysé par la peur, car s'il avait appris à survivre seul, grâce aux leçons du vieux Façataba, tout le reste lui demeurait mystérieux, à commencer par les femmes devant qui, inmanquablement, son sang se glaçait. Ce n'était pas vraiment de la peur, ou si c'en était, c'était le genre de peur qu'on éprouve en présence de ce qui nous est parfaitement inconnu. Paulette finit par se retourner en lui demandant: «I' respire mal, hein?» Et lui, pris de court, avait simplement hoché la tête, ne trouvant rien de mieux à lui répondre. Il essaya pourtant de dire quelque chose, mais ce fut inutile. «J'ai voulu aller chercher le docteur, mais i' veut pas en entendre parler», dit-elle, enchaînant aussitôt: «Vous prendriez bien une tasse de thé avant de partir?» Il accepta par politesse et s'assit sur la chaise qu'elle avait tirée. Tandis qu'elle lui versait du thé, il vida sa pipe et la bourra nerveusement, furieux contre lui-même d'être à ce point incapable de dire même une simple banalité, ne serait-ce que pour témoigner un semblant d'attention à cette petite femme qu'il n'avait jamais vue avant qu'elle frappe à sa porte ce jour-là et en présence de laquelle il était pris d'une violente envie de parler de lui, de sa mère, de n'importe quoi. Elle avait une délicatesse de fillette, un empressement de fourmi et des yeux si fatigués qu'il avait un peu honte de boire le thé qu'elle lui servait avec un bref sourire de nervosité auquel il tenta de répondre par ce qui devait ressembler à une sorte de grimace. Il resta assis devant sa tasse jusqu'au moment où elle crut entendre le vieux l'appeler, et il en profita pour se lever et dire: « Si jamais vous avez besoin d'aide, vous connaissez le chemin », en serrant sous son bras la boîte de fer-blanc qui avait déjà contenu des bonbons ou du chocolat et où il conserverait désormais les trois ou quatre reproductions photographiques de la seule femme de qui il avait rêvé, sans compter le fétiche — l'épaisse mèche de cheveux noirs retenus par un bout de ficelle — et les lettres qu'elle n'avait jamais eu la force ou la faiblesse d'achever et de lui envoyer.

3

DE l'OBSERVATOIRE, où, un an auparavant, Paul-Emile Therrien croyait assister à la lente dérive du paysage, Jérôme faisait le bilan de ses récentes opérations — des réussites jusque-là, grâce aux initiatives, à l'entregent et au zèle judicieux de son frère Gène envers qui il se sentait redevable de tout ce qui lui arrivait depuis son élection à la mairie. Il s'accommodait de ce gênant sentiment de dépendance en se disant que si Gène avait des idées, il avait le mérite, lui, de les faire marcher. Il se promettait bien de le lui faire remarquer. Ce midi-là, après avoir fait la grasse matinée pour la première fois depuis longtemps, il se demandait avec un peu d'inquiétude comment se débrouillait l'amie de Cherry, une blonde si grande qu'en sa présence on était tenté de se soulever sur la pointe des pieds. Encore une idée de Gène, d'ailleurs: sous prétexte qu'il exerçait des fonctions trop honorables pour passer le plus clair de son temps derrière le bar, il l'avait quasiment forcé à engager cette barmaid récemment répudiée par le maire de Terrenoire et sur qui Cherry comptait se décharger d'une bonne partie de son travail, réservant ses énergies au show qu'elle donnait, tous les soirs, à neuf, puis à onze heures. À ce moment-là, il aperçut une moto-neige descendant à vive allure en direction de l'hôtel. Encore une idée de Gène, et une bonne, en fin de compte, puisqu'une piste reliait Saint-Emmanuel au fin fond du nord, jusqu'au plus lointain village de la région; une piste qui lui amenait une clientèle si nombreuse qu'il avait dû faire construire des cabines derrière l'hôtel. Pour marcher, les affaires marchaient. Sans compter que ses concitoyens se félicitaient d'avoir voté pour lui qui, moins d'un an après, leur permettait de vivre aussi bien qu'en plein été. Il avait déjà engagé trois mécaniciens, une sorte de gérant veillant à l'entretien des moto-neige et des cabines, une cuisinière — la fille du vieux Kravenchouk — qui était aussi la femme de ménage. Le magasin général, la quincaillerie Dupré, *le Café central* et la compagnie Norbus profitaient, eux aussi, de cet afflux de touristes. Tout le monde avait l'impression que l'hiver n'était plus ce long engourdissement qu'il avait toujours été, grâce à bibi, se disait-il, le torse bombé dans la chaude robe de chambre que les employés de l'hôtel lui avaient donnée le jour de son anniversaire. Il se sentait au-dessus de ses affaires, promu seigneur et maître d'un village qu'il avait rendu à la vie, sauvé du désastre, et tout ça parce qu'Émérence avait fait ses valises et que Florent avait été assez fou pour s'amouracher d'elle. Il avait allumé un de ces cigares qu'il payait au moins un dollar chacun et qui contribuaient à lui procurer une intense sensation de bien-être que le souvenir malencontreux de Paul-Emile risquait, encore une fois, de gâcher s'il ne parvenait pas à le chasser. La police avait conclu à la disparition de l'ex-inspecteur, fautes d'indices lui permettant de croire à son assassinat ou à son suicide, et c'était sans le moindre scrupule qu'il avait pris possession de la maison déserte dont il avait aménagé l'intérieur de manière à s'y sentir chez lui, après avoir fait les frais des engagements que Therrien avait été incapable d'honorer. Ce n'était plus tout à fait la même maison, du moins pour ceux, très rares, qui avaient eu l'occasion de la visiter du vivant de Therrien (car on le considérait comme mort sur la foi de ce qu'en disait toujours ce pauvre Phil que la disparition de Marie-Rose avait définitivement voué au dialogue avec le gin); c'était maintenant la réplique grand format de la pièce de l'hôtel que Jérôme appelait son *salon privé* — le même éclairage tamisé, les mêmes tentures lie-de-vin, la même collection de bouteilles et de magazines. La cheminée ne fumait plus, dotée d'un brasier électrique. Il aspirait la fumée de son cigare avec d'autant plus de satisfaction qu'il se sentait personnellement responsable du bonheur de Saint-Emmanuel, un trou croupissant comme tant d'autres dans sa torpeur hivernale et qui vivait maintenant au diapason des moto-neige et de la musique de danse, animé jusque tard dans la nuit, en dépit des descentes policières qui avaient d'abord jeté une douche froide sur le moral des hommes et redonné espoir aux épouses esseulées. C'était Fred qui avait effectué la première descente, laquelle ne pouvait tomber plus mal parce que ce soir-là Jérôme présentait, après le spectacle de Cherry, un film réservé aux adultes avertis. Par chance, Gène connaissait par cœur le numéro d'un certain Simard avec qui Fred avait dû s'expliquer, l'air d'un électrocuté au bout du fil, et il était reparti sans un mot, sans même les menacer de revenir à la charge. Les femmes avaient beau porter plainte, la police arrivait toujours trop tard. Il faut dire qu'elle partait de loin et qu'un coup de fil prévenait l'hôtel de son arrivée. Il regardait gravement les photos d'Émérence piquées au mur, encore troublé par le souvenir de son corps mais résolu à s'en délivrer par tous les moyens — par la plus grossière impudeur, celle-là même qui lui faisait dire aux visiteurs en leur montrant ces photos : «V'là la femme qui couche avec l'ancien maire de Saint-Emmanuel.» Il n'avait eu qu'une occasion de présenter en ces termes sa situation matrimoniale, et le représentant de Skidou avait jeté un coup d'œil embarrassé aux trois échantillons exposés au-dessus du fauteuil où Jérôme était assis en train de boire un verre pour fêter la signature du contrat qu'ils venaient de conclure. Sa promotion avait été si soudaine, si inattendue, qu'il avait du mal à devenir ce personnage arrogant et cynique qu'il avait toujours été au fond, et il le savait, depuis le premier jour où il avait demandé à Émérence de devenir sa femme. Il lui fallait imiter son frère Gène pour perdre cet air condescendant et blagueur qui ne lui convenait plus, et pour se présenter tel qu'il était. Même sa frustration de mari trompé, il se payait le luxe non seulement de l'afficher mais d'en rire, de telle sorte qu'elle cessait d'être un objet de moquerie. Quand j'pense que j'étais assez fou pour me jeter à ses genoux, se disait-il en se rappelant qu'un an plus tôt il n'osait rien entreprendre sans l'autorisation de cette femme qui, de son côté, menait la vie d'une courtisane hautaine. Mais il aurait donné gros pour qu'elle assiste à son triomphe, pour qu'elle mesure ce qu'elle avait perdu en lui préférant d'abord un policier retraité, puis un maire de village qui n'était plus rien à cause d'elle. Lorsqu'il lui arrivait de penser à elle, comme ce midi-là, le désir le reprenait, insidieusement, de s'humilier devant elle pour avoir droit à ses caresses, et tout ce qu'il pouvait faire alors, c'était essayer d'imaginer une autre femme aussi désirable qu'elle, Cherry de préférence, drôle de numéro celle-là qui couchait avec n'importe qui, mais qui l'avait pincé au sang un soir où il avait posé sa main sur son épaule nue, cherchant du bout des doigts à rejoindre, sous le tissu tendu, le troublant grumeau du sein qu'il devait, comme les autres spectateurs, se contenter de dévorer des yeux. Elle n'avait pas bronché. Il avait seulement ressenti une vive brûlure et il avait retiré sa main, tandis que sans se retourner, sans élever la voix, elle lui avait dit: « Tu devrais savoir que t'es pas mon genre, Jérôme. » Il avait failli répliquer que Gène était pourtant le même genre d'homme que lui, mais il l'avait fermée, soupçonnant son frère de n'être rien d'autre pour elle qu'une sorte d'impresario ou de gérant. Et la grande blonde qui la remplaçait au bar depuis la veille lui semblait sa parfaite réplique, «une putain qui choisit son monde». Jérôme ne riait plus quand Gène lui racontait que Phil avait encore offert de l'argent à Cherry, il ne riait plus parce qu'il se sentait du même bord que Phil. Cherry avait peut-être les moyens de refuser les cinquante dollars de Phil, mais qu'est-ce qui la poussait à aller s'asseoir à sa table, la robe décolletée jusqu'au nombril, comme si la seule chose qui l'amusait dans la vie, c'était d'exciter les hommes sans lever le petit doigt? Jérôme commençait à se demander si sa complaisance n'était pas négociable puisqu'elle avait souri quand Phil avait doublé sa mise au lieu de prendre cet air ulcéré qui lui allait si mal. «Mais avec moi, ça prend pas, bonyeu!» dit-il à haute voix au moment où l'auto de Gène dérapait sur la pente glacée. Il le vit descendre, ouvrir la portière à un grand type sans chapeau, ce fameux Simard qui devait tant à Gène. Il les reçut moins cordialement qu'il ne l'aurait souhaité, à cause de cet humiliant rapprochement qu'il avait fait un instant plus tôt entre Phil et lui. Gène dut même jeter un regard désapprobateur au verre qu'il buvait sous leur nez avant qu'il se décide à leur offrir quelque chose. Simard parlait pour ne rien dire — la nécessité de développer cette région des Laurentides —, et Jérôme répétait: «J'fais ma part. Si vous aviez vu Saint-Emmanuel avant que j'm'en mêle...» Simard lui donnait raison, mais en insistant sur le fait que le comté était toujours conservateur alors que le gouvernement était libéral. «Vous savez c'que ça veut dire, monsieur Poirier? Que le tourisme, ici, c'est presque zéro, et ça restera comme ça à moins qu'un candidat libéral nous débarrasse de Rochon aux prochaines élections. Gène peut vous le garantir, si vous acceptez, nous autres on vous organise la plus grosse campagne pour vous envoyer au Parlement.» Jérôme hochait la tête d'un air distrait: «J'ai déjà pas mal de responsabilités sur le dos. — Voyons donc! Le Conseil est dans vot' poche. Pensez-y bien avant de dire non.» Il y avait dans ce conseil quelque chose de menaçant, du moins le crut-il en se rappelant que c'était par l'intermédiaire de cet homme que Gène avait obtenu d'être prévenu des éventuelles descentes policières. Ce visage anguleux, basané et résolu lui rappelait quelqu'un, mais ce fut seulement plus tard, avant son départ, qu'il se rappela l'avoir vu, quelques années plus tôt, aux funérailles de sa mère, entre Gène et Cherry. Ça doit être le genre d'homme qu'elle aime, se dit-il, et pour cette seule raison il avait envie de lui dire: non, pas question que j'me présente pour vous, tout en sentant qu'il n'avait peut-être pas les moyens de le prendre de haut. Il se servit un autre verre avant de s'habiller et d'aller avaler son premier repas de la journée. La conversation qu'il venait d'avoir avec le grand ami de Gène avait refroidi son humeur, et il ne bombait plus le torse en descendant la pente qui menait à l'hôtel où la cuisine de mademoiselle Kravenchouk ne réussirait pas à lui faire retrouver la sensation d'intense satisfaction avec laquelle il s'était levé.

4

ELLE AVAIT l'impression de ne pas avancer dans cet espace indéfini, dans cette neige fine et serrée qui abolissait le ciel et la terre, craignant de se faire rentrer dedans par un véhicule plus rapide qu'elle. De temps à autre, d'ailleurs, les roues ferrées du buggy dérapaient, et elle s'accrochait aux rênes. Elle respirait dans le châle noué autour de son cou. Dès qu'elle levait le nez, le vent lui arrachait le souffle, le lui faisait ravaler plutôt. Toute cette nuit-là, tandis qu'elle serrait la main froide du vieux, la tempête avait foncé dans les portes, et le froid qui pénétrait par les moindres fissures avait eu raison, croyait-elle, des dernières forces de celui qu'elle considérait comme un père, et plus que cela : comme le seul être qui l'avait apparemment aimé. Elle aurait voulu le lui dire. Il y avait des jours qu'elle se préparait à le faire, attendant toujours le moment propice, remettant au lendemain ces aveux auxquels rien ne l'avait préparée. Elle se disait : maintenant qu'il a les yeux fermés, je vais pouvoir. Et elle essayait, elle disait tout bas : « Si vous partez, qu'est-ce que je vais devenir ? » Mais lui, les paupières closes, semblait ne plus rien entendre, sauf peut-être les derniers battements de la vie qui le quittait. Elle frottait sa main entre ses paumes, comme pour re-

tarder l'échéance — le moment où ce serait un cadavre qu'elle veillerait. Elle n'avait pas à s'inquiéter
puisque la veille, avant de se laisser aller, de se taire
une fois pour toutes, il lui avait rappelé ce qu'elle
devait faire. Peut-être l'avait-il quittée depuis une
heure ou plus, car se réveillant en sursaut, elle avait
constaté que sa bouche demeurait ouverte, au lieu
de s'ouvrir et de se fermer dans un perpétuel effort
pour avaler de l'air. Elle lui avait serré la main si
fort que ses propres phalanges avaient craqué. La
flamme de la lampe avait noirci le globe de verre, et
elle voyait mal le visage creusé sous la barbe blanche qu'elle n'avait pas rasée depuis une semaine.
Elle avait avancé la main vers le menton, puis elle
l'avait ramenée brusquement. Ce fut alors qu'elle
prit peur et se sentit tout à fait seule, incapable de
crier ou de pleurer, clouée sur la chaise qu'elle
n'avait pas quittée depuis elle ne savait combien
d'heures, s'endormant là, puis se réveillant, l'estomac si vide qu'elle ne savait plus ce qu'était la faim,
comme si cette trop longue privation lui avait fait
perdre l'appétit. Elle avait peur et elle se rappelait:
«Tu téléphoneras au docteur pour commencer. Pis
au notaire Thouin.» Mais elle restait figée là,
l'épaule endolorie par le montant du lit contre lequel
elle s'était appuyée durant son sommeil, attendant
que le courage lui revienne, trop hébétée pour simplement se lever et boire quelque chose de chaud,
seulement attentive aux incessantes ruades du vent.
Ce n'était pas encore le matin, ce n'était plus tout à
fait la nuit. Et elle avait attendu encore une heure
dans la même posture, les yeux fixant la fenêtre où
d'énormes flocons de neige se collaient comme des
ventouses avant de fondre. Elle s'était soudainement

ressaisie, elle avait rallumé le poêle, avalé une pleine tasse de bouillon de bœuf, puis, après avoir chaussé les bottes fourrées que le vieux lui avait achetées l'hiver précédent, elle s'était rendue chez Ed Taillefer plutôt que chez Rod qui lui faisait un peu peur avec ses yeux rougis et hagards de mari abandonné. La maison du débosseur était silencieuse. Une neige plus fine, presque poussiéreuse, succédait à la nuée floconneuse de tout à l'heure. Elle eut beau frapper de son petit poing blanc contre la vitre, rien à faire. Elle allait repartir quand le visage bouffi d'une grosse femme entre deux âges apparut dans l'embrasure de la porte qui s'était ouverte en grinçant. «Qu'est-ce qui s'passe?» avait-elle demandé d'une voix rouillée. Paulette lui montrait le bout de papier où le vieux avait noté les numéros de téléphone du docteur et du notaire. «J'voudrais téléphoner si ça vous dérange pas trop.» Et elle était entrée en se faisant plus petite, comme si c'était possible. Madame Taillefer, aussi large que son mari et dépourvue de bouche depuis qu'elle avait perdu ses dents, la regardait de la tête aux pieds, avec tant d'insistance que Paulette, prise de panique, avait décroché le récepteur pour composer le numéro du médecin qui avait tardé à répondre. «Dépêchez-vous de venir, docteur. Ça doit faire des heures qu'i' bouge plus», et elle l'entendait répéter: «Vous auriez dû m'appeler avant», comme si ça pouvait changer quoi que ce soit. Mais il avait fini par dire qu'il arrivait, et elle avait raccroché, soulagée de savoir qu'elle ne serait plus longtemps seule dans la maison. Madame Taillefer, attablée devant ses mains croisées, continuait de la dévisager sans ouvrir cette bouche sans contours ni relief qui paraissait cousue de l'intérieur, et Paulette pensait qu'elle aurait dû refermer celle du vieux. «J'aurais encore un téléphone à faire, plus tard, si ça vous dérange pas?» avait-elle demandé en avançant la main vers la poignée de la porte, sans attendre plus longtemps un mot de cette femme dont l'aspect lui faisait penser à un pingouin ou à un phoque, sans doute à cause de la tête allongée et comme plantée directement dans des épaules tombantes et massives. «Excusez-moi de vous avoir dérangée», avait-elle murmuré avant de refermer la porte derrière elle.

C'était tout juste si elle pouvait distinguer les formes et les couleurs dans ce brouillard de neige qui semblait moins tomber du ciel que se maintenir indéfiniment dans l'air solide. Elle n'avait pas refermé la bouche du vieux, elle n'avait même pas monté l'escalier. Il lui suffisait de le savoir froid et à jamais silencieux sous les couvertures grossièrement rapiécées. Quand le docteur Vachon avait frappé à la porte, elle dormait si profondément devant le four ouvert qu'elle passa un long moment à se demander où elle se trouvait et qui pouvait bien arriver. Elle ne reconnaissait pas le grand front ridé de l'homme qui repoussait son chapeau sans cependant le retirer si bien qu'il dut se présenter et préciser qu'il venait constater le décès du vieux avant qu'elle consente à lui indiquer l'escalier qu'il monta d'un pas lourd en balançant sa sacoche noire. Puis elle l'avait vu se pencher, secouer la tête et griffonner quelque chose sur un carnet: «Voilà votre certificat. Avez-vous prévenu la famille?» Elle fit signe que non. «Vous pouvez quand même pas le garder ici. — J'ai un papier qui dit quoi faire», et elle lui tendit la page du cahier où Manchotte avait cru bon de lui indiquer la marche à suivre. «Qu'est-ce que le dénommé Calixa vient faire là-dedans?» demanda le médecin, agacé. «Ça doit être un parent. — Première nouvelle que j'en ai! Mais qu'est-ce que vous voulez que j'vous dise? Si j'étais vous, j'appellerais Florent Dupré. — I' voulait qu'on aille le conduire nous-mêmes. — Faites c'que vous voulez, madame.» Et il était reparti du même pas lourd, sans rien ajouter ni réclamer. Elle l'avait vu rabattre son chapeau et se traîner jusqu'à la petite Volks jaune où il était disparu tandis qu'elle-même s'habillait pour sortir. La jument renâclait, et elle dut lui parler avant de pouvoir l'atteler au buggy: «Tu m'en veux, hein? J'me suis pas occupée beaucoup de toi, ces derniers temps.»

Et maintenant elle approchait du village aussi invisible qu'elle-même dans cette irrespirable concentration de neige, pas tant rassurée de rouler entre les maisons que de savoir qu'elle aurait bientôt le réconfort de Calixa — sa présence, à tout le moins —, car ce n'était pas fini pour elle, ça commençait: l'enterrement, le notaire, et après elle verrait, elle préférait ne pas voir aussi loin. Après avoir monté la route du rang croche jusqu'à l'endroit où elle se souvenait de s'être arrêtée la première fois, c'est-à-dire face à la scierie délabrée, elle attacha les rênes au tronc d'un bouleau et piqua droit devant elle. Calixa sursauta en voyant surgir cette apparition chez lui, si tôt, sans le moindre avertissement, pas même un simple coup frappé à la porte. Elle aussi fut surprise de le voir assis devant une bouteille, les joues remplies d'une barbe drue et noire, et ils passèrent un bon moment à s'observer silencieusement. Il finit par se lever et tirer une chaise qu'elle refusa d'un geste de la main. «Le vieux... » dit-il simplement, comme s'il avait prévu cela depuis des jours, et elle répondit oui, attendant qu'il s'habille et la suive, ce qu'il fit sans se hâter, avec des gestes démesurés qui lui rappelaient Aurèle quand il avait trop bu. Il prit encore le temps de bourrer sa pipe courte et ronde et de l'allumer, puis, glissant une flasque dans la poche arrière de son pantalon, il lui ouvrit la porte. L'air froid avait dû lui fouetter le sang parce qu'une fois sorti du bois, il se mit à marcher d'un bon pas, l'aida à monter dans le buggy et saisit les rênes, toujours sans ouvrir la bouche, comme s'il avait voulu la laisser seule dans son chagrin, dans son souvenir du vieil homme en salopette qui, après les avoir vus s'installer dans le champ d'avoine, avait attelé sa jument et foncé, debout, le chapeau de feutre enfoncé jusqu'aux oreilles, vers une destination inconnue d'où il était revenu une heure ou deux plus tard pour ne plus cesser, un seul jour, de les observer, elle et son mari, avec l'air de dire: j'finirai bien par vous avoir à la longue. Et l'été avait passé, d'autant plus torride qu'au soleil dardant le toit de tôle ondulée s'ajoutait la chaleur des plaques de fonte incandescentes et de la graisse bouillante dans laquelle elle jetait les doigts de pommes de terre. En dépit de ses belles promesses, Aurèle ne changeait pas, toujours en train de boire sa bière et de fumer cigarette après cigarette, sans lui donner un coup de main quand elle était débordée, le samedi soir surtout et toute la journée du dimanche. Tout ce qu'il était capable de faire, c'était d'aller acheter ce qu'il fallait pour qu'elle continue de s'agiter derrière le comptoir — une vraie queue de veau, comme devait lui dire le vieux, plus tard. Cela avait duré jusqu'à la mi-septembre. Dégoûtée de tout ce qui était saucisse, viande hachée et frites, elle ne mangeait plus que des carottes et des bananes. Privé de clientèle, le snack-bar n'intéressait plus Aurèle, qui s'était remis à courir comme avant, quand ils vivaient à Montréal de son salaire à elle, dans les deux pièces encombrées de bouteilles vides qu'elle n'en finissait pas de ranger après sa journée de travail au restaurant où elle l'avait rencontré, où elle avait cru le connaître suffisamment pour accepter de l'accompagner au cinéma. Il disait: «J'aime à rire», et elle, devant qui la plupart des hommes se sentaient embarrassés, comme s'il y avait eu quelque chose de répugnant dans son physique, il avait fallu qu'elle le croie quand il lui avait déclaré: «J'aimerais ça qu'on sorte ensemble.» Et un soir de mai, en revenant du cinéma, il avait dit: «T'as pas l'air d'une fille qui ferait n'importe quoi pour attraper un mari. C'est pour ça que tu m'intéresses.» Elle avait été assez étourdie pour lui prêter de l'argent, en plus de l'héberger et de le nourrir. Il lui promettait de chercher du travail, mais chaque soir, quand elle revenait, il lui chantait la même chanson: «Dans ma branche on trouve rien», jusqu'au jour où il finit par la convaincre de retirer toutes ses économies pour se lancer en affaires, comme il disait. Elle avait finalement accepté de lui donner cette occasion de faire ses preuves. Il jubilait. Elle croyait vraiment que leur vie allait changer, là-bas, dans ce champ d'avoine où, après avoir acheté les matériaux dont il avait besoin, il avait réussi à construire le snack-bar dont il prétendait rêver depuis toujours. Mais sitôt installé, il était retombé dans la même nonchalance, se contentant d'empocher les recettes jamais suffisantes pour acquitter les versements mensuels sur l'achat du terrain, si bien qu'un jour d'octobre, exhibant la menace de saisie que leur avait adressée Jérôme Poirier, il se mit à crier et à tout casser dans l'espoir de la voir retourner travailler, elle qui n'avait plus assez de forces pour simplement s'inquiéter de ce qu'elle allait manger le lendemain. Quelques jours plus tard, il lui demanda, le plus sérieusement du monde, de traverser la route pour emprunter de l'argent au vieux manchot. Comme elle se taisait, il menaça de mettre le feu à cette cabane de contre-plaqué que la chaufferette électrique n'arrivait pas à réchauffer dès que le vent soufflait. Elle sortit donc sous la pluie, grelottant de peur et de faiblesse, et sans même regarder le vieux qui lui avait ouvert la porte, elle lui demanda les deux cents dollars qu'il lui refusa en la plaignant de vivre avec un sans-cœur pareil. Elle s'en souvenait comme si c'était hier: les hochements de tête du vieux qui répétait: «Pauv' p'tite fille...» Aurèle l'attendait dans la chaise longue qui leur servait de fauteuil, mais quand elle lui fit signe que non, ça ne marchait pas, il se leva d'un bond et elle reçut une volée de taloches si fortes qu'elle s'écrasa, presque sans connaissance. Puis elle entendit la vieille camionnette achetée avec ses économies démarrer comme chaque soir. Elle avait le visage si enflé et douloureux qu'elle renonça à avaler le quignon de pain qu'elle avait à peine entamé avant de se rendre chez le vieux. Elle y renonça, comme elle renonça à comprendre, à protester ou à simplement se plaindre. Elle s'étendit toute habillée sous la courtepointe, et elle passa la nuit non pas à attendre — elle n'avait plus cette force ou cette faiblesse — mais à écouter la pluie poursuivre son assourdissant piétinement sur la tôle du toit. Elle ne souffrait pas vraiment; elle se vidait de toute substance — passé, douleur, crainte et regret. Elle devenait une coquille humblement réceptive aux seuls bruits du monde naturel, sourde à tout ce qui pouvait s'apparenter à l'humanité. Maintenant qu'elle se laissait traîner par la jument que conduisait Calixa, elle se souvenait volontiers de cette attente sans objet, sans espérance, comme s'il s'était alors agi pour elle de s'abandonner à une force supérieure dont elle accomplissait passivement la volonté. Elle ne comptait plus les jours, qui passaient aussi vite que les nuits : dans une sorte de béatitude. Car la faim avait cessé de la torturer. Quand elle ne dormait pas, elle écoutait le silence ou le cri des corneilles ou le bruit de ferraille que faisaient les Taillefer. Elle ne se levait même pas pour voir quel temps il faisait. À un moment donné, au milieu d'une de ces journées, des freins crièrent tout près. Son cœur se noua. C'était lui qui revenait, et avec lui la peur, les coups, la douleur. Une portière claqua. Elle attendit, le visage tourné vers la cloison, se disant : j'aurais pourtant juré que c'était lui. Puis les pneus crièrent à nouveau. Elle cessa lentement de craindre son apparition et elle put se remettre à ne plus rien attendre jusqu'au moment où on frappa à la porte un seul coup, pas vraiment violent, puis un autre, plus insistant. Le vieux l'appelait d'une voix d'abord hésitante, puis de plus en plus forte, comme si elle avait dû se soumettre à une injonction aussi dépourvue de sens. Elle se souvenait du boum que ç'avait fait : la serrure arrachée, la porte claquant contre le mur, et son souffle tandis qu'il se penchait vers elle pour lui parler, lui demander de se lever et de le suivre. Mais elle s'efforçait de ne pas ouvrir les yeux, sentant seulement sur son front la main rèche et froide. Sans chercher à la tirer de son apparent assoupissement, il l'avait soulevée de son bras valide et l'avait prise comme un sac sur son épaule. Elle ne s'était pas raidie. Elle dit à Calixa qui regardait droit devant lui: «J'avais pas peur de lui, peut-être à cause de son âge. Si ç'avait été quelqu'un d'autre, j'aurais crié, je me serais débattue. C'est vrai que dans l'état où j'étais... Comme paralysée. — On arrive», répondit Calixa en faisant obliquer la jument. Les grandes roues du buggy creusaient d'étroits et profonds sillons dans la neige.

5

DEPUIS quelque temps, le mercredi et le samedi soirs, Émérence se couchait tôt après avoir tout fait, ou presque, pour l'arracher aux joueurs du Tricolore contre lesquels pourtant il passait des heures à pester. Ce soir-là, elle avait même été jusqu'à se promener complètement nue entre le petit écran et lui — audace d'autant plus méritoire qu'elle craignait plus que tout d'être surprise par sa sœur dans cette humiliante posture de séduction. L'entendant pousser un soupir d'agacement, elle avait retraité et s'était mise au lit où il l'avait rejointe une heure après, quand il était trop tard pour la caresser, même de cette manière patiente qu'il avait perfectionnée avec le temps : ses ongles qui s'incrustaient dans le gras des hanches, puis descendaient en un lent grattement jusqu'à la saillie des fesses. Elle ne dormait pas, il le sentait à ce raidissement qu'elle imposait aux muscles de ses jambes comme pour lutter contre l'insinuant appel des doigts qui sillonnaient sa chair. Le Tricolore s'était fait écraser par une équipe d'éléphants, mais c'était autre chose qui le poussait à poursuivre désespérément cette caresse qu'elle semblait résolue à supporter, à subir passivement. C'était le sentiment d'avoir tout perdu, irrémédiablement, et de devoir le peu qu'il avait à Émérence. Quand il parvenait à la faire miauler, il avait l'impression de s'acquitter de sa dette, ou du moins de redevenir son égal. Il avait beau diriger son sexe entre ses cuisses, elle ne bronchait pas. Il avait envie de se lamenter, mais comme il n'en avait pas l'habitude, il se contenta de se relever, de se rhabiller et de sortir dans la rue glacée qu'un employé de la Voirie couvrait de sable avec plus ou moins de régularité. Dans le froid, sa chair s'apaisa, comme vidée de la substance même du désir. Indifférent à la pleine lune particulièrement éclatante, il passa un moment à regarder autour de lui, l'air de flairer sa propre solitude avec cet air de chien qui était le sien, croyait-il, depuis qu'il vivait dans cet appartement étroit où sa vie se défaisait lamentablement. Il pouvait se voir dans la vitrine éclairée par le réverbère, et en effet, en y regardant bien, c'était une face de chien battu qu'il scrutait, en dépit de la profonde fossette qui donnait à son large menton un caractère d'inébranlable confiance en soi. Son regard filtrait malaisément sous les paupières alourdies par une lassitude et une oisiveté de rentier. Son visage lui-même avait cessé d'être plein, il débordait. Et il se demanda s'il avait cet air bouffi et pitoyable en pénétrant, quelques mois plus tôt, dans le bureau du notaire Thouin, un homme de son âge mais qui lui avait paru moins grand qu'auparavant, sans doute à cause de son ventre de femme enceinte et de ses épaules voûtées, et qui avait pris l'habitude de soupirer profondément après chaque phrase, comme si parler, répéter les mêmes formules, avait fini par l'accabler. Il était arrivé le dernier. Marguerite s'était assise sur une chaise droite, lui réservant le fauteuil bas où il s'était enfoncé, les yeux baissés, sans adresser un signe de tête aux deux grands garçons qui, debout derrière la chaise, semblaient postés là pour servir d'escorte et de témoins à leur mère venue négocier le contrat de séparation. L'aîné, qui avait le cheveu bouclé, la fossette et l'air calmement dominateur de son père, portait la main à sa bouche en se raclant interminablement la gorge. Florent avait seulement hoché la tête en entendant le notaire faire la lecture de la longue et minutieuse entente qu'il avait préparée selon les vœux de Marguerite et qu'il ne lui restait plus qu'à signer. Il avait un sourire étrangement désabusé en se rappelant cela maintenant, sa signature au bas d'un document attestant qu'il renonçait à ses droits de propriété sur une entreprise que plus de vingt ans de labeur assidu avaient rendu florissante, en échange de quoi on lui garantissait une pension alimentaire de cinquante dollars par semaine. Mais il n'avait pas le choix. Toutes ses tentatives de réconciliation avaient échoué, Marguerite refusant de voir revenir chez elle, au vu et au su de Saint-Emmanuel, un ex-maire souillé par l'adultère. Chaque fois qu'en l'absence d'Émérence il avait décroché le téléphone pour la convaincre de passer l'éponge, il avait dû convenir avec Marguerite que ça ne tenait ni sur un bout ni sur l'autre et que la seule solution ç'aurait été d'aller vivre ailleurs, chose qu'elle aurait peut-être fini par accepter si les garçons n'y avaient été si farouchement opposés. Au moment de signer la deuxième copie, il s'était dit que c'étaient eux, aussi ingrats qu'ambitieux, qui lui tordaient le bras. Marguerite, elle, fixait le sac à main qu'elle serrait sur ses genoux.

Il y avait des mois que tout était consommé, et lui qui avait horreur de se souvenir, il les revoyait tous les quatre avec une effarante précision, attendant patiemment qu'il déguerpisse, ce à quoi leur silence et les sourcils froncés du notaire semblaient l'inviter expressément, alors que lui, immobilisé par une obstination de plus en plus gênante, attendait quelque chose de plus — une formalité d'adieu qui scellerait l'entente écrite ou même une vague promesse de se revoir un de ces jours, il ne savait trop. Et quand il se releva, pour de bon cette fois, en resserrant le nœud de sa cravate, il sentit qu'il les soulageait d'un poids énorme. Il hocha la tête en guise de salutation avant de franchir la porte vitrée qui donnait sur le vestibule où il décrocha son chapeau, sans se presser, dans l'espoir absurde de les entendre dire au moins quelques mots. Mais la vieille maison, recueillie dans la fraîcheur de ses murs, semblait retenir son souffle, et il sortit dans la lumière aveuglante de cette matinée d'été en rabattant son chapeau sur ses yeux, pas encore désemparé, pas encore vraiment conscient d'avoir participé au sacrifice de son passé, à un holocauste dont il ne pesa toutes les conséquences qu'une fois rendu en ville, dans les rues achalandées où il roulait distraitement. Tout ce qui m'attend, pensait-il en essayant de ricaner, c'est le chèque de Marguerite chaque fin de semaine. L'air demeurait frais en dépit du soleil, mais Florent ne remarquait jamais le temps qu'il faisait, comme s'il vivait au-dessus ou au delà de ces considérations communes, si bien qu'il ne lui arrivait jamais d'engager la conversation avec les clients de la quincaillerie ou des Pompes funèbres sur ces questions-là, leur laissant ce privilège douteux et ne leur répondant que par politesse. En général, parler lui coûtait des efforts surhumains, mais maintenant, dans l'infect restaurant où il buvait un café noir, il se demandait comment il avait pu vivre si longtemps près de Marguerite sans ouvrir la bouche, sauf pour le nécessaire, mais encore fallait-il savoir ce qu'il entendait par là. Ce qui d'ailleurs le retenait de lui téléphoner, c'était la certitude d'avoir moins qu'avant de quoi discuter puisqu'il n'y avait plus rien entre eux, le chèque hebdomadaire mis à part. Même avec Émérence, ce midi où il était revenu de chez le notaire, plutôt abattu, il n'avait rien trouvé à dire, après avoir résumé en trois mots la situation, incapable d'exprimer ce qu'il ressentait à l'endroit de ses garçons, du plus jeune surtout, blond comme sa mère, les joues creuses et le regard méfiant, qui jouait à l'homme, au protecteur posant une main rassurante sur l'épaule de la femme humblement reconnaissante. Ce n'était pas la jalousie qui le faisait souffrir, ni même l'envie de retrouver une femme qu'il n'avait plus jamais désirée depuis qu'il connaissait les ressources d'Émérence. C'était le sentiment de se trouver en présence d'étrangers, hostiles à leur père autant par intérêt, croyait-il, que par loyauté maternelle. Aurait-il pu parler, ce midi-là, qu'il aurait ennuyé Émérence, friande de compliments, d'hommages à sa majestueuse personne que son travail de vendeuse ne semblait pas humilier, peut-être parce qu'il lui permettait, après quarante ans de dépendance filiale puis conjugale, de disposer d'elle-même et de se payer le luxe d'un chevalier servant disponible vingt-quatre heures par jour. Du moins se plaisait-elle à voir les choses ainsi et d'une manière si contagieuse que lui-même en était arrivé à se conformer à ce rôle. Mais quelque chose clochait là-dedans, car si Florent savait parler avec ses mains, et sans détours, sauf ceux qu'elle lui avait appris ou suggérés, il se montrait extrêmement avare de compliments. Jamais un mot plus haut que l'autre ; jamais non plus la moindre preuve d'admiration. Elle ne demandait pas des flots de tendresse, comme la plupart des femmes, ni des fleurs ou des bijoux, mais simplement une adoration constante lui prouvant qu'elle règnait sur le cœur comme sur le corps du seul homme qui avait tout quitté par amour pour elle. Son plus grand plaisir aurait été de voir cet homme solide, hier maître de son patelin, se lover à ses pieds et lui murmurer toutes sortes de folies avant de l'épingler comme il le faisait, à la bonne franquette, sans ces égards qu'elle se croyait dus. Elle avait l'impression d'être sur le même pied que la femme à qui elle l'avait pris, et ça risquait de tout gâcher. La veille, dans la cafétéria du magasin, le voyant avaler ses spaghetti sans prendre le temps de la regarder et de remarquer sa nouvelle coiffure, elle lui avait dit avec cette indifférence feinte dont elle se servait à l'occasion : « Tu t'ennuieras pas trop, j'espère, si je pars pour Toronto avec le gérant. Samedi soir, tu pourras regarder ton hockey tranquillement. » Elle avait baissé les yeux dans l'attente d'une explosion qui tardait tant qu'au lieu d'insister elle se mit à parler d'un incident banal survenu il ne savait quand, ni où ni comment, ne l'écoutant pas, s'efforçant de paraître imperméable à ce qu'il prenait pour une provocation de sa part, mais le soir même, quand elle était rentrée, il avait rabaissé le journal déjà lu le matin et qui lui servait de masque, et il l'avait embrassée un peu rapidement. Émérence lui avait reproché un peu sèchement d'avoir oublié de saler l'eau des pommes de terre. Il était parvenu à garder le silence lorsqu'elle avait appris à sa sœur qu'elle partait pour Toronto avec M. Panescu. Julienne les avait regardés l'un après l'autre, ne sachant ce qu'elle devait dire, visiblement embarrassée par l'air boudeur de Florent. «Pour combien de temps?» avait-elle fini par demander. «Deux jours», avait répondu Émérence sur un ton qui laissait entendre que la chose était désormais irrévocable. Florent avait passé la soirée devant la télévision, regardant aussi attentivement les messages commerciaux que les émissions elles-mêmes. Il s'était résigné à rejoindre Émérence une fois le dernier film terminé. Ce matin, en se levant, elle s'était gardé de le réveiller pour qu'il déjeune avec elle comme d'habitude, si bien qu'il avait dormi jusqu'à dix heures, avait bu ce qui restait dans la cafetière et puis il était sorti acheter son *Montréal-Matin* qu'il avait lu jusqu'au moment où la faim l'avait obligé à commander le menu du jour de ce restaurant grec ou syrien, aussi minable en tout cas que le *Café central*, où il se rendait inexorablement, comme poussé par le sentiment rassurant d'y être presque chez lui. Le pire n'était pas fait; il fallait attendre que les heures passent, redemander du café, allumer un cigarillo qu'il écrasait dans le cendrier sans avoir pu en fumer la moitié et puis finir par déambuler devant les vitrines des grands magasins de la rue Sainte-Catherine au lieu d'aller mettre les pommes de terre au feu, comme il aurait dû le faire. Il s'était rendu jusqu'à l'étage où elle travaillait, mais en l'apercevant en train de rire de ce que lui racontait M. Panescu, un grand homme grisonnant et tiré à quatre épingles, il avait tourné les talons aussi vite qu'il le pouvait. Il avait fait de longs détours avant de rentrer sans l'embrasser ni même expliquer son retard. Julienne avait fait cuire des pâtes qu'ils mangèrent en écoutant les informations. Julienne sortait le mercredi soir. Et comme Émérence soupirait énergiquement en lavant la vaisselle, il se résigna à l'aider. Mais dès que les joueurs du Tricolore s'alignèrent sur le petit écran pour mastiquer l'hymne national, elle fila pour ne revenir qu'au milieu de la deuxième période sans rien sur le dos sauf ses cheveux qu'elle avait cessé de ramasser en un énorme chignon, l'air de chercher quelque chose. Il était demeuré d'autant plus insensible à son défi qu'elle lui cachait la première bagarre du match, et bien qu'il se fût attendu à payer cher ce crime d'indifférence, il n'avait pas bronché, attendant seulement qu'elle se déplace pour lui permettre d'assister au reste du spectacle. J'aurais quand même dû lui dire: tu perds rien pour attendre ou quelque chose comme ça, se disait-il maintenant, tout seul devant sa tasse de café, hochant la tête en réponse au Grec ou au Syrien qui prédisait une tempête de neige pour le lendemain. Il s'en voulait de ne plus pouvoir penser à autre chose qu'aux caprices d'une femme, lui qui avait passé sa vie à brasser des affaires autrement plus importantes, se disait-il sans conviction. Quand il sortit finalement du restaurant sur le point de fermer, le bras d'un nuage s'avançait vers la pleine lune. Un coup de vent lui arracha son cigarillo de la bouche.

6

VOÛTÉ sous le sac à dos, une main fermée sur le pommeau de la selle, il laissait sa monture nager dans l'air poudreux à travers lequel, tout à coup, s'ouvraient des clairières de lumière, comme si le vent avait cherché une issue, un passage, dans cette blancheur trop dense qui l'enveloppait. Il se raidissait sur sa selle quand il pénétrait dans ces remous inattendus, puis il refermait les yeux, sentant à peine la neige fine et sèche lui glisser sur la peau et les vêtements. En dépit de la noirceur qui menaçait de tomber soudainement, il n'était pas pressé de se mettre à l'abri, comme s'il avait été chez lui dans cette poussière qui n'était rien d'autre que de l'air gelé et pulvérisé, ou comme si son isolement dans ce désert effaçant toute trace du paysage lui avait permis de poursuivre le rêve interrompu un instant plus tôt par les ruades du vent. Son sexe, allongé et gonflé sous le tissu serré du pantalon, subissait l'excitant et invariable roulis du cheval, et il s'imaginait encore devant la fenêtre en train de regarder la femme qui, lui tournant le dos, ne pouvait deviner ce qu'elle risquait en étant simplement une femme. Il regrettait maintenant de ne pas avoir mis son plan à exécution, de ne pas l'avoir surprise en braquant sur elle le canon de son fusil et en disant: «Déshabillez-vous vite!» Il avait pourtant ce qu'il cherchait, des pommes de terre plein son sac, des oignons, des carottes et des choux, et il aurait pu sortir de la cuisine d'été sans être vu, la femme toujours absorbée par le pétrissage de la pâte. Rien n'aurait dû le retenir là une minute de plus s'il ne s'était rappelé être déjà venu dans cette maison, six ou sept ans plus tôt, pour proposer ses services au dénommé Graham, le seul descendant connu du fondateur du village et au sujet de qui le bruit courait qu'incapable de donner un enfant à sa jeune femme, il faisait appel à ses voisins. C'était d'une source plus ou moins fiable que cette rumeur avait émané, le facteur ne se bornant pas toujours à transmettre les nouvelles mais à en inventer quand il avait l'impression de passer inaperçu, lui qui était de petite taille et à qui rien n'arrivait personnellement. Mais la rumeur se trouva bientôt confirmée par Labranche qui s'était laissé aller à raconter qu'il s'était rendu à une invitation peu commune: monter rejoindre madame Stella Graham dans sa chambre à coucher pendant que monsieur Graham se berçait dans sa chaise, près du poêle, en bas, l'air d'attendre un miracle de cette rencontre qu'il avait abrégée en donnant des coups de balai contre le plafond. Labranche n'avait pu dire s'il était le premier, le quatrième ou le dernier substitut du mari. On n'avait même pas su s'il avait pris plaisir à rendre service à ce lointain voisin privé de descendance. Et Momo, qui n'avait pas encore connu Gigi dans le champ de maïs, s'était mis à rêver de cette Stella jamais vue mais qu'il imaginait blonde comme du miel, avec de longues jambes nerveuses, l'embellissant de jour en jour, à tel point qu'il lui fallut traverser les bois et se rendre chez les Graham dont la ferme se trouvait à mi-chemin entre Saint-Emmanuel et Graham, sans savoir comment se présenter à eux. Mais aussitôt qu'il pénétra dans la cuisine après avoir frappé à la porte, à la fin de cette journée de printemps, il se rendit compte qu'il pouvait difficilement aborder la question, se contentant de dire qu'il cherchait du travail. Le grand Graham avala sa bouchée avant de répondre qu'il n'avait besoin de personne. Puis quand Stella, terriblement blanche de peau et dont les cheveux frisés étaient aussi noirs que les siens, s'adressa à son mari en anglais, il rebroussa chemin sans les saluer, en se disant que cette histoire-là ne tenait pas debout puisque Labranche ne parlait pas plus l'anglais que lui, comme si une telle affaire avait nécessité de longs palabres. Mais maintenant que le reprenait ce lointain désir inassouvi, son scrupule quant à l'obstacle de la langue ne le tracassait plus. De la fenêtre où il était posté, accroupi entre les sacs de pommes de terre, il pouvait la déshabiller des yeux et même en finir avec ce compte en souffrance, et pour cela il suffisait de pousser la porte, d'entrer en pointant son fusil vers elle qui comprendrait aussitôt où il voulait en venir avec son « Déshabillez-vous vite », et puis de s'approcher d'elle seulement vêtue du slip qu'il ferait rouler jusqu'aux genoux avant de la forcer à s'agenouiller pour faire pénétrer entre ses cuisses blanches comme du lait son sexe si rigide qu'il aurait du mal à dénicher le creux mouvant de la chair chaude, et quand ce serait fait, quand il se serait glissé dedans comme en fondant, d'elle-même elle se mettrait à se balancer jusqu'à ce qu'il soit délivré de l'étouffant désir dont il était accablé depuis des mois, depuis que Marie-Rose cachait, entre ses cuisses, la blessure qu'il lui avait infligée en dépit de ses mises en garde répétées. C'est alors que, les yeux clos, balloté par le pas régulier du cheval, il sentit le sperme s'écouler longuement sous le tissu tendu de son pantalon. Il rouvrit les yeux en frissonnant, et il supposa qu'il n'en avait plus que pour dix à quinze minutes à parader comme un chevalier fantôme dans ce qui ressemblait de plus en plus à une tempête, se disant qu'il avait bien fait de ne pas se montrer devant Stella Graham avec son fusil et son «Déshabillez-vous vite!» C'était facile à dire maintenant qu'il était délivré de tout appétit et qu'il pouvait oublier qu'un instant plus tôt il aurait donné gros pour se trouver coincé entre les fesses blanches imaginées de toutes pièces, calquées plutôt sur celles de Gigi à qui il essayait de ne plus penser. Il se sentait très vieux tout à coup, et il braillait comme un veau. Le vent lui gelait les larmes au coin des yeux. Il n'entendait rien d'autre que sa douleur réveillée par le souvenir de Gigi. Il traversait le village sans voir les maisons de bardeaux abandonnées depuis cinq ou six ans, après la banqueroute de la Laurentide, qui produisait à elle seule presque toute la confiture qui se mangeait dans la région. Et il dut descendre de cheval, aveuglé par un vent plein d'aiguilles, pour essayer de se retrouver dans l'inscrutable épaisseur de neige à travers laquelle il reconnut un point de repère, la spirale d'un rouge écaillé qui indiquait la boutique du coiffeur. De là, tirant le cheval par la bride, il se rendit à l'aveuglette jusqu'à l'écurie où, après l'avoir dessellé, il lui donna une bonne ration de foin sec. Puis, toujours chargé du sac à dos, il se dirigea vers la maison qu'aucune lumière ne signalait parce qu'il avait exigé que Marie-Rose baisse le store avant d'allumer la lampe. Il referma la trappe en se promettant de lui dire bonsoir ou comment ça marche, n'importe quoi, mais il se contenta de soupirer en déposant son sac sur la table. «Tiens, tes légumes!» dit-il sans la regarder boire sa tasse de lait, debout devant le poêle, sans non plus jeter un coup d'œil à la corbeille où dormait la petite fille qu'elle appelait Minou, comme s'il s'agissait d'un chaton. Elle l'avait regardé du coin de l'œil, le temps de se rendre compte qu'il portait les traces de la tempête dans laquelle elle commençait à le croire perdu: les sourcils et la barbe pris dans une sorte de gelée blanche, la peau gardant son invariable teinte sombre, ni jaune ni rouge, plutôt sablonneuse. «J'ai un pressentiment, Momo. Ça me lâche pas une minute.» Mais il ne lui demandait pas ce qui la tracassait, se déshabillant d'un air absorbé, et elle insistait: «Ça m'dit que pa va mal. Ça fait presque six mois que je l'ai pas vu. C'est long quand t'as rien qu'une fille au monde.» Il ne bronchait toujours pas, debout devant le poêle, les mains raides, tenté de lui demander: «Tu veux t'en aller, autrement dit?» Mais il ne le dit pas, retenu par une inhabituelle pitié pour eux deux, par la certitude d'avoir passé son temps à tout gâcher, et aussi par l'espèce de honte qu'il ressentait à la voir obligée de vivre la vie recluse et misérable du fuyard qu'il était, qu'il serait jusqu'à la fin puisqu'il n'existait aucun moyen d'effacer ce qui avait été. S'il avait pu parler à ce moment-là, il lui aurait demandé de partir, de recommencer sa vie sans lui, ailleurs, à Saint-Emmanuel où Phil l'attendait sans doute, prêt à tout accepter — le bébé, la mère et l'épouse qu'elle finirait par devenir, ne serait-ce que pour avoir enfin le droit d'oublier les mois d'attente, le jeu de cache-cache qu'elle avait dû jouer avant de prendre la fuite avec lui, le ventre déjà lourd de cet être qu'il n'arrivait pas à reconnaître comme le résultat de son désir et de son imprudence. Il continuait donc de se taire, les yeux embués par le givre fondant ou les larmes — il préférait ne pas le savoir —, se raclant la gorge avant de parler d'une voix si basse qu'elle dut lui faire répéter ce qu'il avait consenti à dire: «Qu'est-ce qui t'empêche d'aller le voir?» Elle s'attendait si peu à cela que tout ce qu'elle put dire, ce fut: «C'est loin, Laurierville... — Quinze milles, pas plus. Ça peut se faire en deux, trois heures. — Avec le bébé?» Il avait acquiescé. Elle n'avait pas osé le remercier, ni même lui sourire, mais un regain d'énergie l'avait animée, l'avait fait se précipiter vers la table en disant: «J'vas faire un soupe aux légumes» d'une voix presque joyeuse, comme si la certitude de revoir son père l'avait tout à coup réconciliée avec sa vie solitaire, privée d'électricité et de ces simples commodités qui compensent souvent l'absence de l'essentiel. Momo était demeuré debout, légèrement tourné vers la table où elle s'affairait à éplucher les pommes de terre, à trancher les carottes et les choux, jusqu'à ce qu'elle lui demande d'aller remplir le chaudron d'eau, en bas. Il descendit sans soupirer, l'entendant lui crier qu'elle allait mettre les restes du lièvre dans la soupe, mais il se sentait terriblement abattu, et quand il remonta, le bébé poussait des hurlements. Il se pencha pour la première fois sur la corbeille où il aperçut son visage congestionné. Il le prit et le berça maladroitement en attendant que Marie-Rose déboutonne la veste de laine qu'elle portait depuis la naissance de l'enfant. Le bébé cessa de gigoter et de hurler aussitôt qu'elle le colla contre son sein dont il avala la pointe avec une gourmandise rageuse. Momo les regardait avec le sentiment d'être de trop et surtout d'être dépourvu de la seule chose qui comptait pour le bébé: ce sein tiède, moelleux et nourrissant. «Ça fait mal?» demanda-t-il lorsqu'elle présenta l'autre sein au bébé. Elle fit signe que non, les yeux toujours baissés sur la tête ronde, couverte d'un léger duvet qui avait repoussé plus noir encore qu'à la naissance. «C'est toi tout craché», dit-elle. Il essayait d'en rire: «Pauvre elle!» Le chaudron dégageait une forte senteur de choux dans la petite pièce mal éclairée tandis que le vent sifflait comme du feu contre les arêtes de la maison. Et il pensait à Calixa, seul dans sa cabane de rondins depuis des années, et au vieux Donaldieu qui jouait au patriarche de ce village désert après avoir vécu plus de quarante ans dans les bois, simplement parce qu'il avait refusé de s'enrôler à vingt-huit ans, lui qui était l'un des rares célibataires du village. Rien ne l'aurait empêché d'y revenir après la guerre, rien sauf cette mauvaise habitude qu'il avait prise de vivre seul et de se suffire à lui-même. Momo savait maintenant que s'il préférait ne pas le rencontrer, avec sa grande barbe jaunie et son regard fatigué, c'était parce qu'il avait l'impression de se voir tel qu'il serait lui-même un jour.

TROISIÈME PARTIE

1

IL N'AVAIT presque pas dormi de la nuit malgré tout le scotch qu'il avait bu en compagnie de Gène et de la bande de zélés qui avaient tout de même réussi à faire élire un libéral à l'Assemblée nationale, dans un comté conservateur depuis toujours. Ils étaient seuls à savoir qu'on avait promis à l'ex-député conservateur un siège de juge s'il se dispensait de la traditionnelle, pour ne pas dire rituelle, tournée de serrements de mains sans laquelle nul candidat sérieux ne pouvait compter sur l'appui populaire. La victoire de Jérôme avait donc une saveur assez trouble, et elle lui semblait si dérisoire qu'à chaque fois qu'un de ses compagnons levait son verre, il éclatait d'un rire gras que la clientèle de l'hôtel interprétait comme la simple manifestation de sa bonne humeur, de son euphorie de vainqueur, sauf Cherry peut-être qui hochait la tête en se disant que c'était un peu fou d'aller se jeter dans cette fosse aux lions où il ne serait rien d'autre qu'un des nombreux anonymes payés pour lever la main au bon moment.

Et maintenant, vaguement écœuré par l'odeur refroidie de cigare, sa robe de chambre par-dessus sa chemise froissée, il sentait la sueur lui couler des aisselles. Son regard dérapait sur les crêtes des montagnes, et il se demandait comment faire pour revenir en arrière, dans ce temps pas si lointain où il se contentait de mener sa modeste affaire d'hôtelier spéculant à l'occasion sur les terres abandonnées qu'il achetait au rabais en attendant de les lotir au profit de citadins avides d'espace qui se construisaient tant bien que mal un chalet sur un rectangle de cent pieds sur cinquante. Il représentait dorénavant le comté de Terrenoire, comme si ce n'était pas suffisant d'être le maire de son village, sans l'avoir vraiment désiré, poussé par les circonstances et par son frère dont il avait l'impression d'être la marionnette. Après un bref moment d'évanouissement, il s'était réveillé pour de bon et s'était posté entre les tentures d'où il pouvait assister au lent lever du jour, se retournant de temps à autre pour jeter un coup d'œil à l'horloge et aux deux valises qui l'attendaient au pied du divan-lit sans savoir quand il aurait l'occasion de revenir, bien qu'il se fût engagé à assister aussi souvent que possible aux séances du conseil municipal, et se répétant que si ç'avait marché entre Émérence et lui, il n'en serait pas là, à déjà regretter les jours qui venaient, l'exil vers lequel il s'acheminait un peu craintivement, à contrecœur surtout, car d'ici une heure ou deux au plus tard il lui faudrait s'habiller, endosser son costume de député libéral — un habit plutôt sombre sans être noir, avec des rayures rouges, et la cravate franchement rouge, elle, dont il s'efforçait de découvrir la portée symbolique, y voyant quant à lui le symbole flamboyant de la réussite individuelle et de la tolérance morale —, et puis descendre prendre son premier verre de la journée avant le café que personne, pas même lui, n'avait appris à faire convenablement, c'est-à-dire aussi bien qu'Émérence.

Il se rappelait avoir attendu Cherry une bonne partie de la nuit, lui en voulant et se vengeant d'elle en essayant d'imaginer ce qu'elle s'obstinait à ne pas montrer, même au moment le plus palpitant de son spectacle, alors qu'il ne lui restait plus qu'un mini-slip moulant l'entre-jambes, entretenant ainsi le mystère, l'unique secret qui suffisait pourtant à frustrer ses adorateurs devant lesquels, tous les soirs, elle exhibait avec une minutie professionnelle ce qui, pour Jérôme, la rendait indispensable à la bonne marche de l'hôtel. Et dire qu'il avait naïvement supposé que pour cette dernière nuit qu'il passait à Saint-Emmanuel, elle consentirait à le rejoindre dans son *salon privé*, comme il l'en avait priée à demi-mot tout au long de la soirée. Elle n'avait pas vraiment refusé ni accepté, se contentant de sourire comme à une fantaisie plus amusante qu'irréalisable, si bien qu'il avait fini par croire qu'elle lui ferait cette faveur dont, de toute manière, il n'aurait été ni le premier ni le dernier à bénéficier. Après avoir levé un dernier verre à leur victoire commune, il s'était retiré dans sa chambre — au lieu de remonter dans le chalet de rondins —, et il s'était frictionné à l'eau de Cologne en attendant fébrilement le bruit de ses pas dans le corridor, les coups furtifs à sa porte et son sourire complaisant. Il avait effectivement entendu des pas, mais c'étaient les pas lourds des acolytes de Gène, puis Gène qui sifflait. Cherry semblait tarder à monter ou bien elle l'avait fait sur la pointe des pieds de peur qu'il l'attrape au passage. Il s'était finalement endormi. Des pneus qui criaient le réveillèrent au moment où la nuit tirait à sa fin. Une lumière pâle filtrait à travers les tentures, et il se sentait moins fatigué que désespéré de se retrouver seul dans cette chambre empestant le cigare. Aussi seul que le jour où Émérence avait décidé que c'était fini pour de bon. Et pour la première fois depuis la déchéance de Florent Dupré, il se mit à l'envier, lui qui, délivré de toute responsabilité familiale et sociale, jouissait à plein temps de sa liberté auprès d'une femme qui, non seulement avait tout quitté pour lui, mais poussait le zèle jusqu'à l'entretenir. C'est à ce moment-là, plein d'envie et de regret, qu'il se dirigea vers la fenêtre pour essayer d'imaginer, par-delà les montagnes d'où l'aube semblait monter comme une vapeur lumineuse, ce qu'aurait pu être sa vie s'il avait été plus habile, moins sûr de lui, regrettant tout à coup son rival et ami Paul-Emile disparu sans laisser de traces et sans qui boire ou fumer lui paraissait insipide, comme si le plaisir qu'y prenait l'ex-inspecteur s'était propagé en lui, comme si son ironie l'avait aidé à ne pas trop prendre au sérieux ses propres malheurs. Mais maintenant, quand il mouillait un cigare et l'allumait, ce rituel était si dépourvu de sens ou simplement de résonance qu'il avait l'impression d'agir mécaniquement, plus par habitude que par besoin véritable. Il se rendait compte que c'était aussi son absence qui lui avait fait perdre le goût du brandy matinal que personne, à sa connaissance, ne savait déguster comme Paul-Emile. Sans lui, sans Émérence, le monde était vaste et désert, seulement habité par des ombres auxquelles il demeurait indifférent, exception faite de Cherry vers qui le poussait la simple curiosité du désir physique. Il n'arrivait pas à accepter sa solitude après avoir sauvé Saint-Emmanuel de la débâcle en attirant, été comme hiver, un nombre toujours croissant de touristes — après avoir eu l'audace de présenter un strip-tease tous les soirs, et obtenu que la piste pour moto-neige aboutisse ici. Mais sa plus grande satisfaction était quand même d'avoir mis en vente des centaines de terrains où s'établissait une population estivale grâce à laquelle le village avait cessé de péricliter. Tout ce qu'il avait fait lui semblait d'une si grande portée qu'il se sentait déborder de générosité au point d'avoir besoin de mettre tout cela noir sur blanc, imaginant une sorte de testament provisoire où il s'engagerait solennellement à poursuivre son œuvre là-bas, dans cette Capitale où pas un instant il ne cesserait d'améliorer le sort de ses commettants. Mais après quelques mots péniblement alignés sur son agenda, il y renonça, déçu de ne pouvoir communiquer l'émotion qui, déjà, le quittait.

À sept heures juste, fin prêt, il descendit avec ses valises et, sans prendre son brandy, monta dans sa Monte Carlo avec le sentiment anoblissant de fuir les témoignages de reconnaissance qui lui étaient dus. Il s'engagea sur la grand-route, un peu inquiet à l'idée de se retrouver, trois heures plus tard, dans une grande ville où il passerait pour un pur inconnu, dépouillé de tout prestige et disposant d'un pouvoir qu'il devait à un concours de circonstances. Un disc-jockey s'évertuait à faire rire les lève-tôt, mais il n'entendait rien dans ce matin ensoleillé, rien d'autre que sa propre voix pleurnicharde ponctuée par le passage rapide et hallucinant des poteaux télégraphiques. Une sensation désagréable lui remuait l'estomac: le souvenir du coup de téléphone que Gène lui avait promis et que le premier ministre avait oublié de lui donner en dépit du fait qu'il était le premier député libéral de Terrenoire. La racine d'une molaire se mit à lui tarauder la gencive, mais il n'avait pas envie de s'arrêter pour allumer un cigare, pressé tout à coup de se lancer dans cette carrière qu'on lui avait présentée comme l'aboutissement logique de sa vie ; pressé également d'oublier le coup de téléphone promis, la solitude qu'il avait dû supporter à son réveil et l'espèce de sourire moqueur qu'il avait discerné, ce matin-là, en examinant la photo de mariage qu'il conservait dans son portefeuille en dépit de ce qui s'était passé, comme si elle avait constitué la relique d'un rêve inoubliable — l'espèce de sourire non pas moqueur, à bien y penser, mais dédaigneux et assuré de survivre aux calamités conjugales, éclatant subitement sur le paisible visage de vierge qui semblait consentir au sacrifice en attendant le jour de la revanche. Bien que jaunie, écornée et crevassée, cette photo qui datait de leur mariage lui avait révélé, dans la pureté du soleil levant, la tranquille supériorité de cette femme qu'il avait été assez bête pour considérer comme sa femme au même titre que son hôtel, ses cigares et sa perruque, alors même qu'elle se faisait un honneur de lui échapper, d'échapper aux étreintes courantes qui auraient risqué de lui faire mettre au monde des bâtards, fruits honteux de leur incompatibilité, et de se vouer à l'adoration muette et tenace de Paul-Emile, celui-ci n'étant qu'un pion sur l'échiquier, le fou de la reine, la bouée à quoi son orgueil de femme invaincue s'accrochait et grâce à quoi elle avait pu supporter ces longues années de réclusion et de servitude, sans savoir alors quand viendrait le messie, l'homme créé à la seule fin de la délivrer du cauchemar conjugal. Il n'y avait plus de ressentiment en lui en reconstituant ce sourire dédaigneux, presque prophétique; à peine sentait-il sa misère lui gonfler le cœur. Il savait ou croyait savoir que c'était la vie qui arrangeait les choses comme elles étaient, et qu'il était inutile et ridicule de se débattre, de ruer dans les brancards, étonné de s'entendre répéter les formules de Paul-Emile dont la grande force, lui semblait-il, avait toujours été de dire oui à la fatalité et d'avoir l'air de provoquer lui-même ce qui lui arrivait. Jérôme roulait maintenant avec l'apaisante certitude, confirmée par le sourire d'Émérence, que tout ce qui nous tombait dessus était prévu et qu'on n'était, à son corps défendant, rien de plus que l'instrument d'une force supérieure.

2

ET MAINTENANT que tout était arrangé —
pas tout à fait puisque le corps de Manchotte repo-
sait non pas en terre mais dans une sorte de caveau,
de chambre froide, qui servait en quelque sorte de
salle d'attente à ceux qui avaient décidé de quitter
ce monde en plein gel —, qu'elle avait confié le sort
de son bienfaiteur, ainsi qu'elle l'appelait, au seul
pasteur anglican de la région, et que Calixa l'avait
ramenée dans la bicoque dont elle avait hérité en
même temps que d'une somme d'argent suffisante
pour lui permettre de survivre au moins un an, sinon
deux, elle ne savait plus si elle devait se sentir soulagée ou accablée, pas encore remise de ce long
aller-retour dans la blancheur aveuglante de la tempête. Tout ce qu'elle savait, c'était qu'elle était enneigée jusqu'au-dedans, si profondément qu'elle
n'espérait plus retrouver la chaleur de son sang.
Après avoir fait toute cette route, ils étaient revenus
dans ce qui devait être sa maison désormais et qui
n'était qu'une haute dune, une tour de sucre percée
là où le vent avait mordu ; revenus simplement parce
que ce n'était pas possible de continuer et parce
qu'il n'y avait plus aucune raison de rester dehors,
dans cette neige intarissable. « Le pasteur m'a promis de l'enterrer le printemps prochain », répéta-t-

elle, moins pour essayer de se convaincre que la dépouille de Manchotte ne serait pas oubliée que pour entendre sa propre voix protester contre le passé laconique et froid qui lui serrait la gorge. Calixa faisait signe que oui en soufflant dans le creux de ses mains. « Un bon thé, ça ferait du bien », finit-elle par dire après s'être débarrassée de son manteau démodé et dans lequel elle paraissait encore plus fragile. La neige fondante lui avait collé des mèches de cheveux au front. Il jeta une bûche d'érable dans le feu pendant qu'elle versait des grains de thé dans la cafetière d'aluminium. L'humidité de la maison lui faisait mal aux os, et elle se souvenait du bien-être dont elle avait joui un peu craintivement le jour où Manchotte l'avait emmenée comme une poche ou un sac sur son dos pour la rappeler à la vie, lui réapprendre la paisible routine des repas, du sommeil, des courses qu'ils faisaient dans le buggy aux ressorts grinçants et des parties de bluff qu'elle gagnait deux fois sur trois, lui rapportant quelques dollars qu'elle refusait d'empocher mais que lui, sans insister davantage, déposait dans le pot de grès qu'il lui avait donné. Et jamais, quoi qu'on pût dire au village, il n'avait été question de partager autre chose que le temps et les repas. Elle aurait voulu le dire à Calixa qui la regardait remplir d'eau la cafetière-théière cabossée et noircie. Lui dire qu'il n'était jamais rien arrivé, qu'elle avait vécu ici comme si elle avait été sa propre fille. Mais Calixa ne semblait pas attendre une précision pareille, se contentant d'être là, ses mains brunes, encore engourdies, tendues au-dessus du poêle, à peine plus grand qu'elle, le corps ramassé comme pour mieux survivre à l'intérieur de sa propre chaleur. Pour la première fois depuis longtemps, eHe avait une violente envie de puiser en lui un peu de la réserve de vie qui lui manquait tant à elle, si transparente que tout de suite le froid lui mordait le cœur. Aurait-il entendu ou deviné le frémissant appel de cette chair frileuse qu'il n'aurait pas bronché, paralysé par l'habitude de compter sur ses propres moyens pour s'accommoder de la solitude — de la terrible inutilité de son existence. Il ne broncha pas davantage quand il crut l'entendre renifler. À peine fit-il l'effort d'écouter, dans le pétillement du feu, cet honteux aveu de détresse ou de faiblesse qui était peut-être, pensait-il, une forme de courage. Il attendait qu'elle lui tourne carrément le dos pour retirer ses mains de la chaleur et s'approcher d'elle à pas de loup, si prudemment qu'elle sursauta en sentant une main non pas se poser sur son épaule mais l'effleurer. Il faillit dire: «C'est pas si grave que ça, voyons» avant de se rendre compte que rien, en réalité, n'était plus grave que la perte d'un père ou d'une mère, et il lui serra l'épaule, faute de pouvoir mieux dire que lui aussi avait déjà su ce que c'était, respirer l'absence d'un être en qui on croit trouver tout. Il aurait voulu lui dire que les choses finissent par s'arranger à la longue; que si on n'arrive pas à oublier, il faut faire comme si. Qu'il le faut. «Pleurez pas comme ça, voyons.» Et après avoir ravalé l'espèce de nœud qui lui gonflait la gorge: «Vous devriez savoir que j'suis là...» Il l'entendit à peine répondre: «Encore dix minutes...

— Y a rien qui m'oblige à m'en aller», répliqua-t-il, étonné d'en dire plus long qu'il n'aurait voulu, satisfait en même temps, non seulement de l'avoir rassurée, mais de se créer ainsi une sorte d'obligation qui lui donnait l'illusion ou l'espoir de devenir pour quelqu'un une présence indispensable. « Si ça vous dérange pas, vu que j'ai rien à manger là-bas...

— Comme ça, vous allez rester à souper ? »

Ce n'était pas nécessaire de répondre. C'était déjà une chose entendue pour elle. Il retira sa main, et quand elle se retourna, il se dirigeait vers la porte basse qui donnait sur la remise où elle l'entendit fendre du bois exactement comme si rien n'avait rompu le fil de sa vie, comme s'il lui avait permis de renouer avec la rassurante routine du passé. Le sang se remettait à couler dans ses membres gelés. Et ce n'était plus la nuit qui s'appuyait contre les vitres ; c'était une lumière blanche éclatant comme la pleine lune.

3

JULIENNE lui avait offert d'un air suppliant de l'accompagner au cinéma, mais rien à faire, il restait là, la tête comme enfoncée entre ses épaules massives, les yeux fermés ou braqués sur le même centre d'attraction, sans dire un mot, tandis que la neige s'amoncelait depuis deux jours devant la porte qu'il avait refusé de franchir, comme si ce devait absolument être Émérence qui vienne à sa rencontre. Pas une fois il n'avait ouvert la bouche pour se plaindre ou quêter une parole de réconfort, moins par orgueil que par habitude ou conviction. Et si la journée de samedi avait passé sans trop lui peser, ce dimanche de neige folle collant aux vitres n'en finissait pas de s'étirer dans un silence si épais qu'aucun bruit ambiant — les pas de Julienne, le concert qu'elle écoutait dans sa chambre ou, tout à coup, le moteur d'une auto qui démarrait — n'arrivait à le distraire de la promesse qu'Émérence lui avait faite après lui avoir annoncé qu'elle partait ce soir-là plutôt que le lendemain où on annonçait une tempête: «Samedi soir, au plus tard.» Et elle avait ajouté aussitôt: «Monsieur Panescu va sûrement me ramener ici, mais peut-être pas avant le souper.» Après quoi il l'avait vue passer une heure sinon davantage à se faire une beauté, à parfaire son masque de crèmes et à changer de robes et de bijoux, jusqu'au moment où, prise de panique, trois coups de klaxon mirent fin à ses préparatifs fiévreux qui lui laissèrent à peine le temps de se rendre jusqu'à son fauteuil pour lui déposer un baiser maternel sur le front. L'orgueil l'avait empêché de l'accompagner au moins jusqu'à la porte de l'appartement qu'elle referma après avoir lacé ses longues bottes noires. Et maintenant qu'il avait prétendu vouloir se passer de souper et que Julienne se préparait à sortir, il se sentait abandonné à jamais, livré à l'amère rumination de ce qu'aurait été sa vie s'il s'était contenté d'être un amant occasionnel au lieu de s'offrir à Émérence sans conditions. Car plus il y pensait, plus il avait l'impression d'avoir été empoisonné, drogué, hypnotisé plutôt: oui, c'était bien le mot qui convenait à l'état passé et présent de leurs rapports. Il n'avait qu'à fermer les yeux, comme il ne cessait d'ailleurs de le faire depuis son départ, et voilà qu'il retombait sous le charme de son regard chargé de la puissante autorité du désir qu'elle suscitait en même temps qu'il semblait émaner de toute sa chair apparemment paisible. Son pouvoir s'étendait même au léger sourire qui lissait ses lèvres, à tel point qu'il s'attendait parfois à voir perler à travers cette fine enveloppe de peau tendue quelques gouttelettes d'une sève unique. Il se demandait encore comment ce sourire l'entraînait presque fatalement à enfouir sa tête dans la chaleur de son ventre quand la rumeur d'une conversation s'amplifia soudainement, comme si la porte de l'appartement était demeurée ouverte sur le palier. C'était bien sa voix, encore basse, dominée par les chuchotements exclamatifs de Julienne lui faisant sans doute part des dégâts que son absence prolongée avait causés. Une sorte de mouvement contradictoire le clouait sur place tout en le poussant vers cette voix évoquant déjà le charme néfaste auquel il avait succombé depuis le premier voyage qu'ils avaient fait ensemble et au terme duquel son mariage lui était apparu comme un monstrueux anachronisme. Ce souvenir l'obsédait depuis vendredi soir, depuis le moment où il avait cru comprendre qu'elle partait pour revivre avec son monsieur Panescu cette aventure grâce à laquelle la fulgurante lumière du plaisir avait éteint tout le reste. Ce voyage d'affaires, comme elle disait, caricaturait à jamais un souvenir qui se vidait de sa substance originelle pour devenir une risible performance physique, une scène d'autant plus comique qu'elle se répétait moins d'un an après sa création, avec un acteur qui n'était pas lui. Il n'avait pas encore trouvé les mots, la formule d'accueil qui convenait à la situation, au moment où les deux sœurs, s'étant déchaussées, venaient le rejoindre dans la cuisine où lui, toujours affalé dans son fauteuil, consentait à l'effort d'ouvrir les yeux. Elle avait dû deviner le prix de cet effort, car c'est en lui adressant un sourire fatigué qu'elle s'avança vers lui, l'air d'attendre qu'il se lève ou lui ouvre les bras, mais rien ne se passait, rien d'autre que cette commune immobilité et un malaise si contagieux que Julienne, désemparée, leur offrit du café d'une manière un peu brusque, comme pour les sortir tous les trois de leur silence embarrassé: «Un café pour tout l'monde?» Elle ne le demandait pas vraiment, elle l'affirmait presque violemment, déjà en marche vers l'armoire où se trouvait le sac de grains moulus dont elle versa une portion excessive dans le filtre de la cafetière.

«Quel temps, mon doux Seigneur! J'pensais qu'on finirait jamais par arriver...

— Y avait rien qui pressait», répliqua Florent, les paupières à nouveau baissées. Le geste de Julienne en train de remplir la cafetière s'immobilisa, et l'eau lui couvrit la main. Émérence se contenta de soupirer en retirant son manteau de fourrure, sans avoir l'air de remarquer l'aigreur de cette affectation d'indifférence, se sentant un peu coupable de ne pas avoir pris la peine de l'appeler pour lui annoncer que la tempête la retardait. Mais quand elle revint dans son kimono de soie saumon, le café était servi et Florent soufflait dans sa tasse, sans avoir quitté son fauteuil, si bien qu'Émérence s'attabla devant sa sœur comme s'il n'avait pas été là. «La mode du printemps va faire ton affaire, Julienne. Des robes longues, cintrées, avec des corsages bouffants», allusion à la minceur de sa sœur qui lui enviait ses rondeurs, croyait-elle. Puis rien, sinon le gargouillement gênant de leur déglutition qui les contraignait à n'avaler que de prudentes gorgées de café. Julienne se sentait accablée par le malaise que ni Florent ni Émérence ne paraissaient disposés à surmonter ou à dissimuler, même par simple amour-propre, étalant au contraire leur dissentiment au grand jour, l'entérinant par leur silence obstiné, ce qui finit par la décider à se lever de table sans avoir vu le fond de sa tasse. Elle hésita avant de renoncer au cinéma, puis, autant par curiosité que par crainte d'avoir à marcher dans deux pieds de neige molle, elle s'enferma dans sa chambre où elle alluma la radio pour leur permettre de se croire enfin seuls alors qu'en réalité la musique n'était qu'un rideau transparent tiré entre eux et leur témoin aux aguets. Elle entendit d'abord le bruit d'une chaise qu'on repoussait, puis le frottement des savates d'Émérence qui se confondit bientôt avec un murmure confus. Ce fut plus fort qu'elle: elle se colla l'oreille à la porte, retira la clé de la serrure le plus lentement possible, et elle vit Florent s'étirer. Comme coupé, son bras traçait de lents demi-cercles dans l'espace que son regard pouvait saisir. Le murmure avait cessé pour reprendre par intermittence. Émérence occupa tout à coup une bonne partie de l'espace visible, et le bras de Florent disparut tout à fait. Elle vit le signe qu'Émérence lui faisait de la main: une invitation à la suivre dans le salon converti en chambre à coucher. L'espace se vida un moment avant d'être comblé par un Florent hésitant, la chemise déboutonnée, comme incapable d'écarter les tentures par où Émérence avait disparu. Il s'en voulait, à ce moment-là, de s'être arraché à son fauteuil, d'avoir cédé à son appel, comme si de rien n'était, et de se retrouver dans la pièce dont l'odeur était déjà celle d'Émérence, parmi les vêtements répandus autour d'elle et qui portaient les empreintes indélébiles d'un voyage dont il avait la certitude de connaître toutes les péripéties. Il la voyait de dos, en train d'inventorier le contenu de son sac à main, et il serrait les poings en essayant de refouler la fougueuse montée du désir que sa jalousie aurait dû, à elle seule, lui interdire de ressentir. Elle ne faisait rien apparemment pour le provoquer; elle était simplement assise, portant toujours son kimono, et elle examinait la panoplie dont elle ne se séparait jamais et sans laquelle elle se serait sentie désarmée. L'avait-elle entendu arriver? Elle paraissait accorder peu d'importance au fait d'avoir été obéie, même en pareille circonstance, et c'est ce qui l'irritait, mais pas au point d'obnubiler la vision magique qui le paralysait derrière elle, comme foudroyé par le désir de la bousculer et de lui arracher ce kimono qui n'était qu'une apparence de vêtement. Il aurait voulu se rappeler Marguerite en tenue négligée, mais il ne parvenait qu'à éprouver un écrasant sentiment d'impuissance, la présence d'Émérence excluant jusqu'au souvenir de sa femme. Son pouvoir d'attraction était tel qu'il vidait le lieu où elle se trouvait de toute autre obsession, comme si elle avait joui du monopole de la féminité. Et lui qui n'avait été mû que par des intérêts modérés, tout au long de sa vie, il se sentait subjugué par une passion presque morbide, et il se répétait: «C'est elle ou moi», sans trop se rendre compte qu'il avait déjà choisi en la suivant docilement, puis en demeurant figé là, prisonnier d'un pouvoir charnel qu'elle exerçait en toute innocence, en étant ce qu'elle était. «Ça sera pas long, Florent. Si j'peux arriver à trouver mes boucles d'oreilles,..» Non seulement elle le savait là, à attendre qu'elle daigne se soucier de lui, mais elle lui signifiait que la perte de ses boucles d'oreilles la préoccupait davantage que les explications qu'il était en droit de recevoir d'elle. Il avait déjà trop attendu, trop lutté contre son orgueil: il bondit pour éteindre la veilleuse et la faire rouler avec lui dans le lit où, sans perdre une éternité à satisfaire ses caprices, lui desserrant les cuisses et lui imposant une loi mâle, presque martiale, dont le principe fondit un instant plus tard dans le plaisir vif et solitaire qu'il dut payer, après coup, d'un échec mortifiant: «J'espère que tu vas t'y reprendre un peu mieux parce que, moi, j'ai rien senti.» Elle mettait sur le compte de la maladresse ce que lui avait considéré comme l'affirmation brutale de son instinct ou de son pouvoir viril. Tandis qu'elle soupirait d'impatience, il se retourna, délivré de ce désir qui, un instant plus tôt, le livrait à son emprise dédaigneuse, persuadé maintenant de pouvoir lui faire face sans faiblesse puisque c'était elle qui attendait quelque chose de lui. S'il avait échoué à la satisfaire, tant mieux, se disait-il, muré dans un soulagement proche de la béatitude et compensant la longue attente qu'elle lui avait fait subir depuis qu'elle lui avait annoncé son intention d'accompagner son patron à Toronto. «Qu'est-ce qui t'arrive, Florent?» demandait-elle, comme si elle n'avait pu s'expliquer sa dérobade. Il savait que plus sa réponse tardait, plus l'abîme creusé entre eux engouffrerait les possibilités d'un retour à la normale, mais la normale signifiait la domination d'Émérence, son empire sur lui. Et il lui semblait entendre le vacarme destructeur de son silence qu'elle-même, de son côté, frustrée du plaisir qui lui était dû, devait déjà interpréter comme un outrage. Il suait et son silence lui paraissait énorme, accablant mais irrévocable, il en était certain, surtout depuis qu'elle s'était relevée, avait rallumé la veilleuse et s'était remise à chercher ses boucles d'oreilles. Quelque chose le poussait à aller plus loin dans la transgression de leurs conventions : il alluma un cigarillo qu'il s'efforça de savourer très ostensiblement. Elle aurait dû flairer l'intention provocatrice dont cette odeur de cigare était en quelque sorte l'émanation, mais c'est le plus naturellement du monde qu'elle lui demanda : « T'es pas curieux de savoir comment ça s'est passé là-bas ?

— Non», répondit-il aussitôt.

Elle continua de fouiller son sac à main, disant sur le même ton ennuyé: «J'ai l'impression que ça te fait peur.» Il s'entendit éclater d'un rire qui sonnait faux. «Tout d'un coup j'aurais rencontré un Anglais à mon goût? Tu penses pas que ç'aurait pu arriver?» Et comme il ne réagissait pas: «Tu dois t'imaginer que c'était un voyage organisé. Qu'on avait des idées derrière la tête. Bin, tu te trompes. Moi, en tout cas, j'en avais pas. Virgil peut-être...» Elle se tut pour lui laisser le temps de méditer sur ce prénom survenant comme par erreur dans la conversation. Puis: «Parce que lui, c'est un chaud lapin. Mais pas comme vous autres. Ça lui prend du temps, des gants blancs, des fleurs, des compliments...» Il s'était assis, raide, pompant son cigarillo: «J't'ai rien demandé, Mérence!

— T'as peur à ce point-là!

— J'ai pas dit que j'avais peur, j'ai dit que ça m'intéressait pas, les cochonneries que vous avez pu faire ensemble.

— J'vois pas pourquoi tu parles de cochonneries. Que ce soit avec lui ou avec toi, j'vois pas la différence. J'veux pas dire qu'y en a pas... Parce qu'en réalité y en a toute une.

— Un communiste c'est bien mieux qu'un Canadien français, j'suppose.»

Elle avait failli lui éclater de rire au nez, mais il avait ajouté: «Ça doit sentir la vodka.

— Premièrement, tu sauras que c'est loin d'être un communiste. C'est justement parce qu'i' l'était pas qu'y a émigré au Canada. Pis deuxièmemement, i' prend jamais de boisson. Juste un peu de vin en mangeant.

— En tout cas...

« — En tout cas, c'est ça.

— C'est quand même un maudit baveux d'émigré !»

Elle souriait. Il avait non seulement joué son jeu en se laissant entraîner dans une conversation qu'elle menait à son gré, mais il venait de se trahir, d'afficher ouvertement toute l'étendue de sa jalousie. Impossible de reculer ou même de laisser les choses dans l'état où elles étaient. Le peu qu'elle avait dit suffisait à confirmer ce qu'il avait imaginé depuis ce mercredi soir où elle lui avait parlé de ce prétendu voyage d'affaires qu'elle se déclarait tenue de faire, d'autant plus qu'elle s'attendait d'un jour à l'autre à remplacer l'assistant-gérant muté ailleurs ou mis à la retraite, il ne savait trop. «Comment t'appelles ça, un gérant qui emmène une de ses vendeuses en voyage en lui faisant accroire qu'a' va devenir son adjoint un de ces jours ?

— Son adjointe.

— Comment t'appelles ça ?

— J'appelle ça un patron consciencieux. Tout ce qu'i' veut, c'est que je connaisse le travail qui m'attend.

— Ça l'empêche pas d'en profiter.

— J'vois pas le rapport. On pouvait pas prévoir ça.

— Prévoir quoi ?»

Il avait posé la question sur un ton de colère angoissée qu'il tenta aussitôt de surmonter en se moquant : «Que la tempête vous obligerait à coucher dans le même lit ?» Elle se retourna, l'air outragée : «C'est justement là que tu te trompes, Florent. C'est pas la tempête qui nous a obligés à coucher ensemble. C'est mieux qu'ça.

— Ses gants blancs, ses compliments...

— Sa politesse.

— Ça t'en prend pas gros, franchement...

— J'ai toujours eu affaire à des habitants. Ça fait du bien de rencontrer un homme galant, poli, qui comprend les femmes, qui sait leur parler surtout. Vous autres, c'est tout de suite la main aux fesses.» Florent faisait le mort, le cigarillo fumant lentement entre ses lèvres, les coudes enfoncés dans les muscles crispés de ses cuisses, et il pensait: comme ça j'rêvais pas, ça s'passait pour vrai. Mais il se rendait compte maintenant qu'il n'avait jamais vraiment admis la possibilité d'être trompé aussi facilement, aussi simplement, et que s'il avait imaginé cela, c'était pour mieux supporter l'aveu de faiblesses mineures. Émérence le regardait; il sentait ce regard cerner sa silhouette et établir les comparaisons d'usage, comme lui-même l'avait déjà fait en revoyant Marguerite, avec le même dédain apitoyé, supposait-il. Il n'en pouvait plus. Il se redressa alors pour remonter son pantalon, glisser sa queue de chemise dedans et se donner une contenance moins humiliante. Il ne lui restait plus qu'une chose à faire: sa valise. Ses vêtements accrochés dans la garde-robe, il en fit un paquet qu'il tassa dans l'unique valise qu'il avait emportée de chez lui moins d'un an plus tôt, le jour même où Jérôme l'avait délogé de la mairie. Elle aussi s'était levée sans cesser de se limer les ongles. «Tu pars en voyage?

— Pour de bon!

— Ah! oui?» avait-elle demandé en feignant à peine l'étonnement. «Est-ce que je pourrais savoir pourquoi?» Il la regardait en hochant la tête, trop écrasé pour tenter quoi que ce soit. «Si j'te disais que rien de grave s'est passé, qu'est-ce que tu ferais ?

— La même chose.

— Pourquoi ?

— Parce que j'pourrais pas te croire. »

Et sans la moindre émotion il regardait ce visage lui adresser une demande de réconciliation qui lui parvenait trop tard. « Qu'est-ce que tu vas faire tout seul en ville ? » Il aurait facilement pu lui répondre, après avoir passé tant d'heures à se le demander : « Pas grand-chose. » Mais il n'en fit rien, continuant de la dévisager avec le sentiment qu'il était en train de tout saborder. Son silence y suffisait d'ailleurs. « J'te vois pas finir comme un hobo. Toi qui bois même pas...

— Y est jamais trop tard pour commencer, tu penses pas ? »

Elle avait ri exactement comme si ces minutes qu'ils passaient ensemble n'avaient pas été les dernières ou comme si elle n'arrivait pas à le prendre au sérieux. Ce fut seulement lorsqu'il enfila son manteau et qu'il lui tourna le dos qu'elle finit par s'inquiéter : « Mon doux Seigneur, Florent, dis-moi pas que t'as cru tout c'que j't'ai raconté ? » De la porte où elle n'avait pas cessé d'écouter ce qui se passait dans la pièce voisine, Julienne le vit passer, sa valise à la main, puis Émérence qui pressait le pas en répétant : « Ça tient pas debout. Ça tient pas debout... Partir comme ça, en pleine tempête. » Elle entendit Florent s'arrêter, le temps de se chausser, pendant qu'Émérence revenait à la charge sur son ton colonel cette fois : « Si tu sors d'ici, Florent, dis-toi que c'est la dernière fois. As-tu compris ? » Mais sa voix tremblait, comme au bord des larmes. La porte se

referma l'instant d'après, et Julienne entendit sa
sœur répéter: «Tant pis pour toi, tant pis pour toi.»

4

DANS SON PANTALON trop grand, qui plissait à la ceinture et sa chemise grise et bouffante, il avait l'air d'un prédateur scrutant un horizon peuplé de proies lointaines dont il aurait longuement supputé la valeur comestible, sans doute à cause de son visage aigu et osseux où dominaient les yeux durs, ronds comme des œufs, et le nez en bec d'aigle ou de corbeau. Palma avait écarté le léger rideau pour le regarder fixer cet horizon qui semblait le retenir là depuis un bon moment, une heure peut-être. D'où elle était, impossible de deviner ce qui pouvait l'intéresser à ce point; il aurait fallu qu'elle monte, mais elle était fascinée par le brasier fumant dans l'air de ce matin vif et clair d'avril où, sans la prévenir, sans même grommeler selon son habitude, il avait rassemblé tout ce que la pièce de débarras contenait de souvenirs personnels pour y mettre le feu. Elle n'avait pas entendu son passé crépiter et fondre dans l'immense torche que le vent tordait parce que, pour une fois, il s'était réveillé le premier en s'arrangeant pour ne pas lui enfoncer son coude ou son genou dans les reins, si bien qu'elle ne comprit qu'après coup la signification précise de ce sacrifice auquel il présidait distraitement, appuyé sur une fourche à laquelle manquait une dent. Mais un pressentiment lui fit soupçonner tout à coup la nature de cette cérémonie matinale, et elle monta l'escalier, poussa la porte à demi ouverte de la pièce où le vide l'attendait, glacial et stupéfiant.

Et désormais elle ne pourrait oublier ce déchirement de sa chair laissée à vif par la vision des tiroirs béants et des boîtes éventrées. Une absence si totale régnait dans la pièce qu'elle manqua perdre pied. Puis, s'étant secouée, elle se colla le nez à la fenêtre pour subir jusqu'au bout le supplice qu'il avait décidé de lui infliger dans l'espoir insensé d'abolir le passé dans lequel elle se retranchait depuis son mariage, comme si le vide qu'il faisait autour d'elle pouvait devenir habitable. Mais elle n'avait pas réagi comme elle-même s'y serait attendue, oubliant sa réputation de Squaw sans pitié, du moins sur le coup, pour ruminer une vengeance à long terme. Le dîner était prêt quand Manuel courut le risque de rentrer. Elle n'éleva pas la voix, pas plus qu'elle ne manifesta sa mauvaise humeur. Elle était devenue muette. À peine lui répondait-elle par un signe de tête. Et ce mutisme farouche, indéfectible, dura assez longtemps pour le convaincre de ne plus rien lui demander et de s'absenter le plus possible de la maison, se découvrant ainsi une vocation de forestier dans les bois de son beau-frère. Lui si peu enclin à dépenser, il courut tout le comté à la recherche d'une tronçonneuse usagée, et sitôt son déjeuner avalé, elle le voyait disparaître jusqu'à l'angélus. Il revenait dîner en silence, le visage et les mains tachés de résine, puis il retournait s'enfermer dans le vacarme réconfortant de son outil de destruction pour réapparaître à la fin du jour, le coffre de sa voiture rempli de bois qu'il fendait et cordait après le souper, comme si cette corvée lui avait en quelque sorte permis de ne pas la voir étaler ses cartes sur le tapis ciré de la table. Il était le premier à se débarbouiller et à se mettre au lit, oubliant ou négligeant de prendre son bain un soir sur deux. Elle attendait qu'il ronfle avant de le rejoindre avec une prudence de chatte.

Ce matin-là, comme il avait plu toute la nuit, il n'avait pas pris la fuite dans les bois. Il s'était installé sur l'immense rocher plat autour duquel un étang de pensées s'était formé, proliférant à une si grande vitesse qu'il menaçait de noyer le potager que Palma n'avait même pas sarclé. Ses plantes d'intérieur souffraient, elles aussi, de son incurie chronique. Elle passait tout son temps à déchiffrer ses cartes, à prévoir le futur ou à retrouver un passé devenu immatériel, parfaitement intangible, croyait-il, depuis qu'il en avait fait disparaître les vestiges dans l'épaisse fumée noire qu'il avait contemplée avec une jubilation dont il faisait maintenant les frais. Elle finit par monter voir ce qui retenait tant son attention, et elle vit son cousin Calixa tendre la main à la veuve de Manchotte. Non, pas veuve, pensa-t-elle, orpheline plutôt, puisqu'elle aurait pu être sa fille. Une vague de jalousie lui serra le cœur en voyant son cousin aider la petite femme blonde à monter dans le buggy chargé de bagages, puis prendre lui-même les rênes qu'il fit claquer sur le dos de la jument en la dirigeant vers le village, comme s'il avait décidé de braver l'opinion générale en emmenant dans son terrier une femme qui n'était pas la sienne, lui qui n'avait jamais ouvert sa porte à personne si ce n'est à Gros-Jos dont elle essaya de chasser le souvenir grimaçant. Mais dès qu'elle pensait à lui, elle ne pouvait plus se délivrer de son regard dément ni de la bouchée de viande dans laquelle il semblait mordre, le cou cassé par la grosse corde qu'il avait attachée à la cheminée de sa propre maison.

Elle descendit aussi vite qu'elle put et se rendit dans le hangar attenant à la cuisine pour extraire d'un fagot de branches sèches la corbeille d'osier grouillant de crapauds. Puis, devant chaque armoire et dans chaque garde-robe de la maison, elle plongea la main dans l'ouverture du couvercle pour en retirer un crapaud qu'elle libérait avant de refermer la porte. Cela fait, elle s'attabla devant ses cartes, tremblant d'inquiétude et de plaisir anticipé. Manuel avait sauté en bas du rocher, sans trop savoir où se diriger, comme si, une fois sorti de la maison, rien ne le justifiait d'y revenir avant l'heure du repas. Il se résigna à fendre du bois jusqu'à midi. Et lorsque l'angélus l'eut autorisé à déposer sa hache, il s'en revint de son pas nerveux si agaçant pour elle qui avait appris à voir le Rouge s'approcher de la maison d'un pas lent et souple. Elle faisait tourner la fricassée dans son jus quand il entra en frottant ses mains sèches. Elle écoutait passionnément le moindre bruit qu'il faisait, et dès qu'il pénétra dans les toilettes, elle s'immobilisa, l'oreille tendue. Le jet du robinet fusa, brisé par le nœud de ses mains, puis, de longues secondes plus tard, son cri la surprit. Elle leva à peine les yeux pour le voir sortir de là, le visage décomposé. Et malgré la consigne de silence qui scellait leur vie commune, il bredouilla: «Qu'est-ce que ça fait là, cette cochonnerie-là?» Elle prit le temps de déposer le couvercle sur la casserole où mijotait sa fricassée avant de froncer les sourcils d'un air interrogateur. «As-tu déjà vu ça dans une maison, toi?» Comme elle feignait de ne pas trop comprendre de quoi il parlait: «Viens voir ça.» Mais il ne pénétra pas dans la pièce, se contentant de l'attendre. Après avoir fait quelques pas et s'être arrêtée devant l'évier, elle revint s'occuper de sa fricassée en haussant les épaules tandis qu'il lui redemandait avec une insistance presque désespérée: «T'as rien vu? T'es sûre?» Mais comme elle continuait de hausser les épaules, il s'attabla, les mains crispées sur les ustensiles qui tremblaient. C'était une cuiller vide qu'il portait à sa bouche. Palma ne manqua pas d'enregistrer pour les temps à venir son air exaspéré et ahuri. Enfin, comme pour conjurer le mauvais sort que lui avait jeté l'énorme crapaud entrevu dans les toilettes, il porta le bol à ses lèvres et avala la soupe pleine de bulles de graisse, sans cesser cependant de fixer l'immonde symbole de ses terreurs nocturnes, cherchant en son âme et conscience quelle faute il avait pu commettre pour le voir apparaître à la lumière du jour et dans un lieu protégé. Il lui arrivait souvent de fuir devant ce diable à gueule de serpent, doué de quatre pattes brisées qui lui permettaient de se projeter dans l'espace, mais jamais dans la maison, sauf la nuit, durant son sommeil. L'apparition de tout à l'heure signifiait peut-être que désormais l'horreur de la nuit envahissait le cours calme du jour. Il ne savait pas, il ne pouvait pas savoir que Palma l'avait maintes fois entendu gémir durant les longues périodes d'insomnie qui la rendaient attentive à sa vie secrète, pas plus qu'il ne pouvait savoir qu'il la repoussait brutalement en la traitant de maudit crapaud.

Une nuée assombrit bientôt le ciel et déchargea une pluie lourde. Il devait renoncer au travail libérateur. Sa portion de fricassée fumait dans son assiette, mais il n'y toucha pas. Il se leva sans un mot pour monter dans la pièce de débarras où il avait l'intention de consulter son *Manuel du parfait forestier*. La brochure était introuvable en dépit du ménage qu'il avait fait dans cette pièce auparavant remplie de ce qu'il appelait « tes maudites guenilles ». Il vérifia dans les tiroirs, derrière les commodes et jusque sous le divan au sommier défoncé, quand il crut se souvenir de l'avoir rangée dans la garde-robe que des tablettes avaient transformée en armoire. Au lieu de la brochure, ce fut encore un crapaud qui lui sauta aux yeux — au sens figuré, bien entendu, car la bête galeuse et verruqueuse se contentait d'être là, attendant l'occasion de bondir, ce qu'elle aurait pu faire d'autant plus facilement qu'il tarda, glacé d'effroi, à refermer la porte, puis à reculer jusqu'au palier où, enfin, le rythme de son cœur et de son sang reprit son cours habituel. L'impression d'être enfermé dans une maison hantée l'accompagna jusqu'à la cuisine où Palma achevait de desservir la table à sa manière lente et méditative. Il aurait voulu partager avec elle l'insupportable et visqueux secret qui grouillait dans son ventre et sa gorge, mais elle lui parut si obstinément retranchée dans son indifférence qu'il renonça à cette tentative de délivrance. Il aurait d'abord dû confesser les terreurs dont son sommeil était fait — interminable voyage dans une forêt où chaque pierre, chaque souche et chaque repli d'ombre se changeaient sur son passage en crapauds prêts à lancer leur longue langue gluante pour sucer, à travers sa peau blanche de citadin, le sang chaud dont ils étaient d'autant plus avides qu'il les fécondait, croyait-il, favorisant ainsi leur dense reproduction. C'était généralement l'une de ces lances de chair qui le délivrait du sommeil et le rendait à la moiteur des draps. Il n'aurait pas été étonné d'apprendre, depuis le temps qu'il luttait contre cette espèce de vampires, que sa passion pour l'abattage des arbres n'avait pas pour but de nettoyer les bois de Frédéric Bautront, comme il le prétendait, mais plus précisément de transformer l'habitat sombre et humide des batraciens en un sous-bois si ensoleillé qu'il leur deviendrait inhospitalier. Cela, Palma aurait peut-être pu le lui révéler, si le peuple des crapauds ne lui était pas apparu comme son allié naturel contre lui. Il garda donc pour lui ce qu'il prenait pour un secret inavouable. Tout ce qu'il put dire, il le dit à sa manière précipitée et péremptoire: « On dirait que t'as pas fait ton ménage du printemps. » Elle commença par déposer la nappe qu'elle venait de plier, puis, les poings sur les hanches: « Tu sauras, Manuel, que j'ai failli me rendre malade pour en venir à bout! » Elle lui tourna le dos, furieuse d'avoir ouvert la bouche. Lui, écrasé devant la télévision, essayait de se résigner à lutter seul contre une race ennemie qui le traquait maintenant sans répit, mais il n'était pas sûr de l'emporter, loin de là. Il lui semblait au contraire avoir perdu du terrain. Palma était seule à savoir que ce n'était pas seulement contre sa hantise originelle qu'il aurait à se défendre désormais. Et quand elle le vit sortir, couvert de son imperméable et de son chapeau de toile, elle se sentit plus forte que lui, même s'il l'avait amputée de son passé, parce qu'elle détenait le pouvoir exorbitant de ranimer la peur que le réveil et le travail lui donnaient l'illusion de surmonter. Pour la première fois depuis des semaines, elle donna de l'eau aux plantes en train de sécher dans leurs pots de terre cimentée.

5

DES ÉCLAIRS d'oiseaux le tiraient parfois de
l'espèce de somnolence où son esprit végétait depuis
des heures. Il allumait alors une des cigarettes qu'il
avait patiemment roulées au cours des vingt premières minutes de son attente, et s'il fumait c'était si
distraitement qu'un doigt de cendre finissait par rouler sur sa cuisse avant qu'il ait tiré la moindre bouf-
fée. Le sentier qu'il avait pris s'arrêtait à cette clairière au milieu de laquelle se dressait un monticule
de bran de scie dont le chapeau de glace polie semblait transmettre d'inutiles signaux aux alentours. Le
soleil avait cessé de lui chauffer les os sous sa chemise de laine qui, maintenant, ne lui suffisait plus. Il
s'étira pour attraper la couverture de laine dont
Marie-Rose s'était servie pour envelopper le bébé
tout le temps qu'avait duré le trajet de Graham à
l'embouchure de Laurierville où il se trouvait encore, attendant sans y croire qu'elle revienne comme
convenu. C'était lui qui avait proposé ce voyage qui
mettait un terme à leur ménage. Elle avait décidé
d'attendre la fin de l'hiver, peut-être pour voir si
vraiment elle pouvait continuer à vivre comme elle
le faisait. Et puis, la veille, elle lui avait rappelé
cette promesse qu'il regrettait déjà d'avoir tenue
puisqu'elle faisait tout sombrer dans le passé —

tout, c'est-à-dire ce qu'ils avaient enduré ensemble. Et pourtant c'était la seule solution, l'issue inévitable si elle, Marie-Rose, voulait retrouver le goût de vivre après ce qui avait été le plus dur hiver de sa vie, il le savait pour le lui avoir entendu dire tant de fois. Même le bébé, qui l'avait aidée à résister, lui pesait parfois, surtout à partir du moment où il se mit à ramper sous les meubles vermoulus où il leur arrivait de voir surgir des mulots engendrés par la moisissure même du bois. De longues traînées de sciure trahissaient le travail clandestin d'une armée de fourmis acharnées à ruiner le village déserté. Le matin, quand il s'apprêtait à aller visiter ses pièges, elle se mettait à lui raconter ses cauchemars — des histoires de rats qui mangeaient une jambe du bébé ou lui crevaient les yeux —, espérant sans doute le retenir dans cette pièce qui, en son absence, devenait si menaçante qu'elle se réfugiait près du poêle avec le bébé, le tisonnier à portée de la main. Les jours de tempête, quand le jour était aussi sombre que la nuit, elle demeurait prostrée devant la lampe allumée à se souvenir du bon temps qu'elle avait passé au *Café central*, oubliant les soins constants qu'elle devait prodiguer à son père dès qu'elle rentrait à la maison, à moitié morte de fatigue. C'est généralement durant ces crises de nostalgie qu'elle lui faisait part de sa furieuse envie de crème glacée, de pizza ou de gâteau. Momo, lui, n'avait plus à se plaindre de rien depuis que le vieux Donaldieu lui apportait du tabac, du papier à cigarette et même du café. De quoi se serait-il ennuyé ? Certainement pas de la prison où il aurait dû se trouver, pas plus que du village où il avait toujours eu le sentiment d'être un étranger. De Gigi, oui, de temps à autre. Mais il s'accommodait de tout le reste, du gibier que Marie-Rose n'avait pas la force de servir autrement que bouilli, comme si elle avait escompté en extraire le goût amer, le goût de sapin, selon ses propres mots.

Donaldieu, de plus en plus vieux, de plus en plus perdu dans ses souvenirs, venait la distraire vers la fin de l'après-midi, le pire moment de la journée pour elle, et il lui racontait comment il avait bâti Graham cent ans plus tôt, oubliant de ruminer son passé de déserteur voué à la solitude et contaminé par elle au point de ne plus pouvoir vivre parmi les siens, même vingt ans après la fin de la guerre. Momo souriait au souvenir de cette journée où, revenu sans qu'ils l'entendent ou faisant comme s'ils ne l'entendaient pas, il avait pu prendre connaissance de cette version, tout à fait nouvelle, que le vieux donnait de sa jeunesse, insistant sur la dureté de cette époque, le sol rocailleux qu'il fallait cultiver pour ne récolter que des patates dures comme de la roche et du blé d'Inde bon pour les cochons, poussant même les choses jusqu'à prétendre avoir été seul à ouvrir la route dans la forêt de pins noirs et de mélèzes, à choisir l'emplacement de l'église et des autres lieux publics, seul comme un héros jusqu'au jour où, au lieu du renfort attendu, une bande d'Anglais ou d'Écossais s'étaient présentés avec des affiches au nom d'un des leurs, un dénommé Graham. Une fois les affiches plantées, ils avaient tout pris — sauf l'église que, lui, Donaldieu, avait défendue en se plantant devant le portail avec un air farouche et prêt à donner son sang —, comme si ça leur appartenait de toute éternité. Et quand il avait décidé de leur faire savoir qu'ils se trompaient de place, que le village avait déjà été baptisé, que son nom était Donaldieu, on l'avait tout bonnement chassé du village après l'avoir enfermé dans la cave de l'Hôtel de Ville.

Quelques jours après qu'il se fut attribué ce rôle historique, les rares affiches de Graham se trouvèrent remplacées par de simples bouts de planches où le nom de Donaldieu apparaissait en grosses lettres peintes, et Momo aperçut le vieux par la vitrine du magasin général où il avait déménagé ses pénates. Peut-être le fait de se prendre pour l'unique commerçant de la place avait-il accru son ingéniosité, mais chose étonnante, en plus du tabac et du café, il offrait à Momo de la ficelle, des clous ayant déjà servi, des ustensiles, de la vaisselle, des outils, un calendrier de l'année, moyennant quoi il se contentait d'un lièvre ou d'une perdrix qu'il venait manger à la maison une fois sur deux. Avec une patience de collectionneur, il ramassait tout ce qu'il pouvait trouver dans les maisons abandonnées, réparait ce qui pouvait l'être avant de le disposer sur les étagères, et quand un objet se trouvait irrémédiablement endommagé, il lui attribuait le titre ronflant d'antiquité. Il pouvait s'agir aussi bien d'une roue de buggy sans rayons que d'une lame de couteau privée de son manche, comme celle sur laquelle Momo avait tout de suite sauté. Il avait passé une soirée à gratter sa croûte de rouille et à lui rendre son tranchant. Très large, elle devait mesurer pas loin de dix pouces, sans compter le manche de frêne dans lequel il l'avait coincée. C'était une arme qui se prêtait parfaitement au lancer, et il reprit plaisir à ce jeu qui lui donnait l'impression d'être une sorte de champion méconnu. Il la regardait luire dans la lumière faiblissante de cette journée passée en bonne partie sur la route, puis à l'orée de la clairière, se sentant de plus en plus 'fatigué d'attendre et d'imaginer le retour de Marie-Rose qui lui avait dit, sans oser le regarder dans les yeux : « Attends-moi pas avant trois, quatre heures. » Puis, tandis qu'elle s'éloignait avec le bébé dans les bras : « Si jamais tu me vois pas arriver, attends-moi pas. » Ce fut seulement à ce moment-là qu'il se rendit compte qu'elle avait interprété ce voyage comme une occasion d'en finir avec la vie qu'il lui avait fait mener jusque-là. Un sentiment de totale désolation le retenait encore de faire demi-tour. Le cheval avait cessé de brouter les fougères dont les feuilles commençaient à peine à se déployer. Un court instant, il fut tenté de se creuser un nid dans la pyramide de bran de scie que les pluies, la glace et les années avaient dû tasser et durcir comme du ciment. Il décida aussitôt d'aller rejoindre Calixa et de lui demander asile, quitte à réapprendre à vivre dans la dépendance d'un aîné. Avec lui, au moins, la vie serait moins froide. Il s'efforçait d'imaginer ce qui se passerait alors, de quoi sa journée serait faite, jusque dans le moindre détail, quand il comprit que c'étaient la fatigue et la solitude qui lui conseillaient cet impossible recommencement qui n'aboutirait à rien. Il tira sur les rênes, et les ressorts du buggy grincèrent. On voyait à peine dans le corridor sombre qui menait à la grand-route. Après cette paisible journée de soleil, le crépuscule survenait brusquement. Il se sentait vaguement inquiet, non pas d'être arrêté et ramené à la prison des Plaines, mais de ne même pas savoir vers quoi le menait le cheval devenu son unique compagnon depuis qu'il avait plus ou moins décidé de s'éloigner de son passé, quitte à crever. Mais ce fut la fatigue qui l'emporta. Et quand sa tête heurta le dossier du siège, il ouvrit les yeux pour aussitôt les refermer, n'arrivant pas à croire que le fanal qui l'avait ébloui était celui que Donaldieu avait accroché à la devanture du magasin général. Le cheval s'était arrêté là de lui-même, attendant que son maître daigne enfin s'occuper de lui. Il profita de la lumière du fanal pour le dételer, puis, abandonnant le buggy, il conduisit la bête jusqu'à l'étable où il la caressa avant de la quitter pour de bon, malgré son envie de se laisser choir dans la puissante et réconfortante odeur de fumier et de foin sec.

En repassant devant le magasin, il aperçut une silhouette gesticulante qui l'amusa un bon moment. Ce n'était pas la première fois qu'il surprenait le vieux Donaldieu — qu'il appelait Donald Duck pour l'agacer — en train de haranguer une foule dont il imitait lui-même les clameurs sitôt qu'il se taisait. Sa grande crainte étant de paraître voûté en public, il avait pris l'habitude de se redresser exagérément en se nouant les mains derrière le dos. Et c'est ainsi qu'il s'adressait à son public, pas le moins du monde incommodé par une vision de plus en plus défaillante, sa tête blanche et sa longue barbe jaunie agitées d'une ferveur communicative, sauf peut-être pour Momo indifférent à ce qui n'était, à son avis, qu'un radotage de vieillard retombé en enfance, bien que cette nuit-là, posté devant la vitrine, il ressentît le choc d'une découverte déjà faite, mais qui lui paraissait tout à coup d'une évidence frappante : leur profonde ressemblance. Déserteurs tous les deux, ils vivaient loin de leurs semblables, dans leur propre intimité, sans rien partager sinon avec les bêtes, les bois et les saisons, réduits à une espèce d'imparfaite animalité, tentant néanmoins de se suffire à eux-mêmes pour ne parvenir finalement qu'à cette dérisoire communion dont Donaldieu lui donnait le spectacle à son insu. Soit par défi, soit parce qu'il se voulait différent du vieux, Momo décida brusquement de faire face au désert sans jamais avoir la faiblesse de s'inventer un auditoire, pensant à Calixa qui semblait avoir perdu même le besoin de parler si tant est qu'il l'eut déjà éprouvé.

Dès qu'il pénétra dans la cuisine et qu'il sentit l'humidité lui coller à la peau, il eut la désagréable impression d'être un intrus là même où il avait tant travaillé à dissimuler sa présence, peut-être parce qu'il y revenait seul et avec la ferme intention de ne pas s'y attarder. Immobile au milieu de ce qui avait été une grande cuisine, il écoutait, répondant aux battements de son cœur, les milliers de scies minuscules faire le vide dans les poutres, étais et solives. Ainsi donc tout ce qui restait de vivant dans cette maison, comme dans tout le village rebaptisé du nom d'un homme près de la mort, c'était cette incessante rumeur de destruction lente mais inexorable. Il monta l'escalier lentement, comme s'il avait craint de troubler l'ordre qui s'était établi en son absence. Des pattes nerveuses griffèrent le parquet lorsqu'il souleva la trappe. Il craqua une allumette qui lui brûla les doigts avant qu'il ait pu se rendre dans l'unique pièce où ils avaient vécu tous les trois. Le passé encore chaud, sentant la sueur de bébé et le lait bouilli, lui monta au cœur. La lampe éclairait la panoplie qui leur avait permis d'imiter les rites de la vie civilisée: casseroles bosselées sur le poêle à bois, assiettes ébréchées, ustensiles dépareillés et bûches de bois contre le mur. Il n'en finissait pas de recomposer les journées passées ici en inventoriant les objets familiers qui, maintenant, lui paraissaient superflus. Rien ne l'obligeait à quitter cet asile qu'il avait aménagé avec une passion minutieuse, si ce n'est le silence troublant des objets confondus dans une même inutilité. Il ne s'étendit même pas sur le sommier, trop occupé à se détacher des lieux et de tout ce qu'ils évoquaient, ces bouffées de vie familiale qui s'acharnaient à le convaincre de son inaptitude à devenir le mari et le père qu'il aurait dû être. Dans l'espèce de fièvre causée par la fatigue, la faim et le remords d'avoir échoué, il se mit à croire qu'il était voué à hanter les montagnes du nord, témoignant de la solitude humaine dans l'insondable richesse des forêts. Privé de mère charnelle, il se voyait favorisé par la vie puisqu'il avait trouvé dans la forêt, mais sans le savoir avant cette nuit-là, à la fois une mère, une femme et une fille. Et quand il se leva pour faire du feu, il titubait d'allégresse, s'imaginant, non pas debout sur le radeau patiemment construit et dissimulé dans les buissons d'aulnes, mais marchant d'un long pas paisible sous le rassurant ramage des érables, des bouleaux et des frênes, sa hachette à la main, son grand couteau attaché à son mollet, ne portant rien d'autre qu'un sac bourré du strict nécessaire — la cafetière d'aluminium, une petite casserole, un bol lui servant également de tasse et d'assiette, de la corde, des allumettes, du tabac, du café et les photos de Marie-Rose en bikini qu'il conservait moins par faiblesse que pour donner un objet précis aux occasionnelles exigences du désir. Au lieu de descendre la rivière, de fuir vers les autres, il se préparait à monter plus haut encore, dans les lumineuses profondeurs d'un monde qui lui appartenait autant qu'il lui appartenait par le sang et le cœur. Il n'attendit pas l'éclaircie de l'aube; tout était déjà prêt quand il acheva de boire ce café noir dont l'abus lui faisait trembler les mains.

Il avait cessé de grelotter, une fois dehors, dans la lueur qui finirait par diffuser sa chaleur printanière. Il se rendit à l'étable où la bête l'accueillit avec une nervosité reconnaissante, puis il la conduisit devant le magasin général, l'attacha à un montant de la galerie et poussa la porte, tirant Donaldieu du bref sommeil matinal qui était l'une des rares concessions qu'il faisait à sa carcasse de pionnier-fondateur de village. Et ils conclurent un échange, le dernier qu'il était accordé au vieux de faire; le cheval contre tout le café et le tabac qu'il avait en stock. Momo ne lui dit même pas adieu, pris de pitié pour le vieux solitaire privé désormais du seul client dont le rôle était de conférer un semblant de réalité à son rêve de commerçant accablé de souvenirs héroïques. Momo sortit en évitant de regarder la bête destiné à survivre à son nouveau maître et à retourner à la vie sauvage s'il lui restait assez d'instinct pour cela. Les maisons de bardeaux grisonnants paraissaient plus abandonnées que jamais, et c'est cette vision de ruines s'obstinant à démentir le travail des fourmis et des vers qui le fit piquer droit vers la rivière et la longer, jusqu'au moment où il comprit qu'un vieux réflexe nostalgique le conduisait vers la hutte de pierres plates non loin de laquelle un jour de fin d'hiver il avait découvert le corps de Paul-Émile Therrien, souvenir moins pénible cependant que celui de son père étendu de tout son long sur le fusil qu'il serrait dans ses mains blanches de ménagère, peut-être parce que l'inspecteur, lui, avait supporté

142

son agonie joyeusement, lui semblait-il, en fumant une dernière pipe, sans crier ni même tenter de se défaire du piège qui le retenait là, seul et blessé dans un désert de silence. Il avait l'impression que c'était cette mort que l'inspecteur avait cherchée en jouant à le retrouver, alors que c'étaient le chagrin et la honte qui avaient poussé son père à s'étendre dans la neige avec son fusil, symbole d'une virilité qui lui avait été refusée. Les soirées passées devant le feu avec l'inspecteur, le parfum âcre des cigares et du café lui revenaient en mémoire, comme pour lui rendre l'éloignement plus difficile ou plus méritoire. Il accéléra le pas, s'arrêtant au sommet des pentes d'où il pouvait voir les eaux noires et fracassantes courir dans leurs ornières rocailleuses. Des guetteurs invisibles et moqueurs prévenaient les habitants du territoire de l'intrusion de l'homme, du chasseur qui prenait le temps d'arpenter amoureusement l'espace grandissant qui le séparait d'un passé dont les coups de vent le lavaient sans ménagement, avec la rude efficacité de la mère qui lèche ses petits. L'air était si nourrissant que sa faim s'était apaisée au moment où il aperçut un renard en train de s'abreuver. Il se mit à l'appeler tout doucement. Mais, après avoir levé la tête, le renard bondit au-dessus du ruisseau comme un éclair et disparut dans la savane.

(Septembre 1974-décembre 1975.)

Liste des principaux personnages
de la chronique

Paul-Émile Therrien : inspecteur de police chargé, dans *l'Épouvantail*, d'arrêter Maurice Momo Boulanger, et qui, retraité, lui offre le gîte et le couvert dans *l'Épidémie*. Il s'était fait construire une maison de rondins à Saint-Emmanuel, derrière *l'Hôtel du nord* ; amoureux d'Émérence, la femme de Jérôme Poirier, il finit par épouser Julienne, sœur d'Émérence. Abandonné par sa femme, il devient le protecteur de Momo, après avoir amorcé des situations dramatiques, notamment le suicide de Gros-Jos.

Maurice Momo Boulanger : jeune homme sans métier qui, après avoir purgé une peine de prison pour vol, retrouve Gigi Jolicoeur à Montréal où elle est devenue call-girl. Après l'assassinat de celle-ci, il est blessé par Jos Lavallée, le père de Phil, propriétaire du magasin général, et il est condamné pour meurtre. S'étant enfui de la prison des Plaines, il retrouve Marie-Rose, devenue sa maîtresse, et il se réfugie chez Therrien avant de partir pour la montagne.

Jérôme Poirier : propriétaire de *l'Hôtel du nord*, il est originaire de Terrenoire, tout comme sa femme Émérence. Témoin des amours entre sa femme et Therrien, il s'intéresse à la politique, d'autant plus que le maire Florent Dupré a succédé à son ami Paul-Émile à titre d'amant de sa femme.

Émérence Poirier : amoureuse de Therrien, elle finit par épouser, sous l'influence de son père, ce Jérôme Poirier qui l'emmène vivre dans son hôtel, à Saint-Emmanuel. Après l'échec de ses rapports avec Therrien, elle jette son dévolu sur le maire Florent Dupré à cause de qui elle quitte l'hôtel et son mari pour s'installer à Montréal avec sa sœur Julienne, la femme que Therrien avait épousé par dépit ou par défi.

Florent Dupré : maire de Saint-Emmanuel, il se laisse entraîner dans une aventure au terme de laquelle il doit renoncer à ses titres de mari, de père et de notable.

Calixa : frère de Maurice Momo Boulanger, il a quitté très tôt la maison paternelle, ne vivant plus que dans le silence et la nostalgie d'une mère qu'il n'a pas connue. Il vit dans les bois. Par sympathie pour Gros-Jos, il lui offre l'hospitalité après que celui-ci a perdu la cabane où il vivait. Garde-chasse, il se livre à la contrebande de caribou.

Marie-Rose : serveuse au *Café central*, elle vit seule avec son père à moitié aveugle. Elle devient la maîtresse de Momo, la nuit où ce dernier se cache chez son père après la mort de Gigi Jolicoeur. Elle le retrouve, dans l'*Épidémie*, non sans risques puisque Phil, le boucher, la suit pas à pas.

Phil Lavallée : propriétaire du magasin général, il vit dans la haine de Momo qui lui a successivement enlevé deux « fiancées », Gigi et Marie-Rose.

Julienne : sœur d'Émérence, elle se complaît dans son veuvage jusqu'au jour où Therrien la demande en mariage, expérience à laquelle elle met fin sous l'influence de sa sœur Émérence qui la persuade de partir pour Montréal où elle la rejoint peu de temps après.

Palma : fille aînée de Louis-Joseph Bautront; veuve du Rouge, elle accule Gros-Jos au désespoir sentimental. Elle le découvre pendu à sa cheminée, peu de temps avant de se remarier avec Manuel.

Manchotte : étranger installé non loin de chez Palma et en qui personne ne reconnaît l'employé de la scierie qui s'était fait couper un bras. C'est lui qui avait en quelque sorte enlevé Illuminée Boulanger, la mère de Calixa et de Momo. Revenu s'installer à Saint-Emmanuel, il assiste à la construction d'un snack-bar face à chez lui.

Paulette : maîtresse d'Aurèle Boudrias, celui-là même qui construit un snack-bar face à chez Manchotte et qui disparaît après l'avoir ruinée.

Gros-Jos : un innocent qui fait la cour à Palma jusqu'au moment où, désespérant de l'épouser, il met le feu à sa cabane involontairement, avant de se pendre à la cheminée de la maison de Palma.

Gène : frère de Jérôme Poirier, organisateur d'élections et mari de Cherry, strip-teaseuse de l'*Hôtel du nord*.

Labranche : fermier ivrogne habitant non loin de chez Manchotte et vivant avec une prostituée à la retraite.

Saint-Emmanuel et ses environs

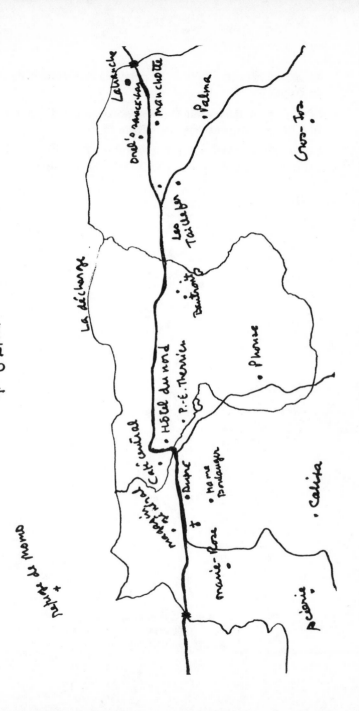

Achevé d'imprimer à Montmagny
par les travailleurs des ateliers Marquis Ltée
le quatorze avril mil neuf cent soixante-seize